dtv

Eigentlich wäre Tibaldo Bondi am 12. Oktober 1582 zwölf Jahre alt geworden. Aber vorher verschwand dieser Tag aus dem Kalender. Er war im Rahmen der Gregorianischen Kalenderreform gestrichen worden. Bis dahin war das Jahr nach dem unter Caesar eingeführten Julianischen Kalender aufgeteilt worden, der sich am reinen Sonnenjahr orientierte. Das Jahr war im Durchschnitt 365,25 Tage lang, eigentlich zu lang, wie sich nach Jahrhunderten bemerkbar machte. Das von der Kirche für den ersten Sonntag nach Frühlingsvollmond festgelegte Osterfest lag immer früher. Unter Papst Gregor XIII. wurde die nach ihm benannte Kalenderreform eingeleitet mit einer kleinen Verkürzung des Sonnenjahrs. Sie begann damit, daß auf den 4. Oktober 1582 sofort der 15. Oktober 1582 folgte. Der kleine Tibaldo aus Bologna allerdings setzte über Jahre alle Hebel in Bewegung, seinen Geburtstag wiederzubekommen. Zuletzt landet er sogar vor dem Papst. Und Abner Shimony führt uns mit dieser bezaubernden »Geschichte aus der Renaissance« in jene Zeit, als die moderne Welt geboren wurde, und macht auf spielerische und erzählerische Art und Weise astronomische Zusammenhänge anschaulich.

Abner Shimony, Philosoph und Physiker, lebt in den USA.

Abner Shimony

Der Kampf um den verlorenen Tag

Eine Geschichte aus der Renaissance

Aus dem Englischen von
Claudia Brusdeylins

Mit Illustrationen von
Jonathan Shimony

Deutscher Taschenbuch Verlag

Ungekürzte Ausgabe
Juni 2001
Deutscher Taschenbuch Verlag GmbH & Co. KG, München
www.dtv.de

Titel der amerikanischen Originalausgabe:
Tibaldo and the Hole in the Calendar
Copernicus, Springer-Verlag, New York 1998

ISBN 3-7643-5935-8
Umschlagkonzept: Balk & Brumshagen
Umschlagbild: Ausschnitt aus dem Kalendarium von Johann Gmünd,
Holzschnitt 1648 (© AKG, Berlin)
Satz: Lektyre Verlagsbüro Olaf Benzinger, Germering
Druck und Bindung: Kösel, Kempten
Gedruckt auf säurefreiem, chlorfrei gebleichtem Papier
Printed in Germany · ISBN 3-423-33067-8

Inhalt

Zur Erinnerung an
Annemarie Anrod Shimony
und Miriam Gail Farber

Danksagungen

Wir sind vielen Menschen für ihren Rat und ihre großzügige Unterstützung zu Dank verpflichtet. Ethan Shimony verlieh unserer Vorstellung von Tibaldo Gesicht und Temperament. Howard Stein hat durch seine Korrekturen der astronomischen und historischen Fakten sowie durch seine peinlich genauen und dabei sensiblen sprachlichen Verbesserungsvorschläge erheblich zur Qualität des Textes beigetragen. Ruth Montgomery bereicherte die Geschichte durch ihren Vorschlag, weibliche Charaktere hinzuzufügen, vor allem Tibaldos älteste Schwester. Teresa Shields, William Frucht und Jeremiah Lyons vom Springer-Verlag drängten darauf, die Geschichte wie auch die wissenschaftlichen Ausführungen zu erweitern, und halfen dabei tatkräftig mit. Pater Reginald Foster übersetzte eine englische Fassung von Papst Gregors Ergänzung der Bulle zur Kalenderreform in authentisches päpstliches Latein, und Katherine Geffcken schrieb nach Rom, um ihn darum zu bitten. George Greenstein korrigierte einige astronomische Irrtümer, und Robert Palter äußerte sich zu den Passagen über die Medizin der Renaissance. Don Howard korrigierte einige Fehler in der Chronologie, und John Ongley spürte den vollständigen Text der Bulle von Papst Gregor XIII. zur Kalenderumstellung auf. Ernesto Corinaldesi und David Goldberger trugen hilfreiche Vorschläge zu italienischen Eigennamen bei. Das «Amerikanische Institut für Geburtshilfe» versorgte uns mit wertvoller Literatur über die Arbeit der Hebamme. Karen Phillips erwies sich als technisch versierte Herstellungsleiterin und kreative Mitarbeiterin am Layout des Buches. Alain Cazalis und Michel Viot standen uns mit künstlerischem Rat zur Seite und sorgten dafür, daß wir die Druckereianlagen der Duperré-Schule für Angewandte Kunst in Paris nutzen konnten. Ruth Rogers beriet uns bei unserem Studium der Renaissance-Bücher in der Abteilung «Special Collections» der Bibliothek von Wellesley College. An der Duperré-Schule war uns Odile Simon mit den Bildern und Texten aus der Renaissance behilflich. Für die Endphase der Illustration stellte Nigel Freeman einen wichtigen Arbeitsplatz in Brooklyn zur Verfügung. Emma Brante hat uns während des gesamten künstlerischen Teils der Arbeit technische und moralische

Unterstützung gegeben. David Gould bestärkte uns unermüdlich darin, das Buch mit Illustrationen zu versehen. Und schließlich halfen uns Signori Sanzio, Vecellio und Caliari auf außerordentliche Weise durch ihre Unterweisung und Inspiration auf dem Gebiet der Renaissance-Malerei.

Abner Shimony
Jonathan Shimony

Ein Hinweis zu Dichtung und Wahrheit

Tibaldo Bondi und seine gesamte Verwandtschaft sind erfunden, ebenso wie die Schule Heiligen-Joseph-im-Winkel und ihr Direktor, ihre Lehrer, Schüler und deren Familien. Auch Gouverneur Domitiani und seine Bediensteten, Signora Guardabassi und Il Torrentino sind fiktional. Alle anderen namentlich genannten Personen sind historische Figuren, wenn auch manches, was sie in dieser Geschichte erleben, erfunden ist. Papst Gregor reiste zum Beispiel im hohen Alter nicht nach Bologna, und er verfaßte auch keinen Zusatz zu seiner Bulle zur Kalenderreform. Der wirkliche Professor Turisanus lebte nicht im 16., sondern im 14. Jahrhundert, doch sein Charakter hat sich durch die zeitliche Verschiebung nicht wesentlich verändert. Bei der Darstellung historischer und wissenschaftlicher Fakten ging es uns um Genauigkeit, ohne zu hohe Anforderungen an technisches Verständnis zu stellen. Der Anhang «Noch mehr Astronomie» ist für Tibaldos Geschichte nicht wesentlich, ebensowenig wie die astronomischen und historischen Informationen im Haupttext. Wir hoffen aber, daß der Anhang auf wissenschaftliches Interesse stößt.

Tibaldos Welt

Wir können uns drei Arten von Welten vorstellen: Neben der großen und der mittleren Welt gibt es viele kleine Welten. Die Gesamtheit der Natur bildet die große Welt. Zu ihr gehören die Sterne, die Sonne, die Planeten, der Mond, die Erde und alles, was sich darauf befindet. Die menschliche Gesellschaft mit ihren Nationen, Regierungen, Armeen und Religionen, ihren Fabriken, Bauernhöfen, Schulen und Familien sowie allen anderen Gruppen, zu denen Menschen sich zusammenfinden, ist die mittlere Welt. Der einzelne Mensch schließlich ist eine kleine Welt. Jeder Mann, jede Frau und jedes Kind bildet eine solche kleine Welt für sich. Natürlich wird diese von der mittleren Welt, der menschlichen Gesellschaft, geformt und beeinflußt – manchmal auf seltsame, verblüffende Weise. Genauso werden sie aber auch von der großen Welt der Natur geformt und beeinflußt – manchmal auf ganz unvorhersehbare Weise.

Diese Geschichte handelt von einer ganz bestimmten kleinen Welt – von Tibaldo Bondi, der am 10. Oktober 1570 im norditalienischen Bologna geboren wurde. Sein genaues Geburtsdatum hat für unsere Geschichte Bedeutung, denn es ist für einige seltsame Dinge verantwortlich, die ihm widerfahren sind. Wäre er zum Beispiel am 1. oder am 20. Oktober geboren worden, so wäre sein Leben sicher ganz anders verlaufen. Und Tibaldos allerseltsamstes Abenteuer ereignete sich 1582 – dem Jahr, in dem Papst Gregor XIII. bestimmte, daß der Kalender umgestellt werden mußte.

Gewöhnliche Abenteuergeschichten handeln davon, wie Soldaten gegen ihre Feinde kämpfen, Ritter Drachen besiegen, Entdecker Entbehrungen überstehen oder wie sich Astronauten im Weltraum in Gefahr begeben.

Aber in dieser Geschichte ist das anders. In dieser Geschichte kämpft ein kleiner Junge gegen einen Kalender. Warum tut er das? Wie geht das überhaupt? Um das zu erklären, müssen wir weit ausholen.

Tibaldo wurde in eine große und tätige Familie hineingeboren. Seine Eltern, Lorenzo und Teresa Bondi, hatten acht Kinder – drei Mädchen und fünf Jungen. Tibaldo war ihr jüngster Sohn. Die Bondis waren arm und hatten nur ein kleines Haus, in dem sie ein ziemlich beengtes Leben führten. Dafür war bei ihnen immer eine Menge los, selbst als Tibaldo das Internat besuchte und nur noch sonntags und in den Ferien nach Hause kam. Seine Schwestern heirateten zwar und gründeten eigene Familien, aber das Haus blieb voll. Als Anna Maria, die älteste Tochter, ihren Mann verlor, mußte sie mit ihren beiden kleinen Söhnen wieder zu den Eltern ziehen. Tibaldo mochte Anna Maria und ihre Söhne sehr. Er war ein stolzer Onkel und wurde von seinen Neffen mächtig bewundert, obwohl er auch nicht viel älter war als sie. Tibaldos Mutter, Teresa, hatte die wunderbare Gabe, Ruhe in den

turbulenten Haushalt zu bringen und die ständigen Kabbeleien der Kinder zu schlichten. Außerdem achtete sie darauf, daß sich niemand vernachlässigt fühlte. Jedes Kind spürte, daß es den Alltag der Bondis bereicherte und von der ganzen Familie gebraucht wurde. Das war Teresas Verdienst, denn sie veranstaltete für alle Kinder und Enkelkinder zum Geburtstag ein herrliches Fest. Manchem mag diese Idee gar nicht so ungewöhnlich erscheinen, doch zur damaligen Zeit wurden Geburtstage in Italien nicht besonders gefeiert. Tibaldos Mutter aber legte viel Wert auf eine große Part; sie fand, daß jeder Mensch wenigstens an einem Tag im Jahr das Gefühl haben sollte, die wichtigste

Person in der Familie zu sein. Der Stolz, den das Geburtstagskind an diesem einen Tag empfand, würde ihm für das ganze Jahr genügend Selbstvertrauen geben. Teresa bereitete zu diesem Anlaß stets ein großes Essen mit Pasta, Würstchen, Salaten, Torten und Obst. Der größte Stuhl im ganzen Haus wurde mit Kissen in einen Thron verwandelt, und das Kind bekam eine Krone aus Pappe und buntem Stoff. So war es einen Tag lang der König oder die Königin im Haus.

Lorenzo Bondi arbeitete an der Medizinischen Fakultät der Universität Bologna. Sie war damals das berühmteste medizinische Institut in ganz Europa, und eines der ältesten noch dazu. Deshalb war Lorenzo sehr stolz darauf, daß er dort arbeitete, und sein Sohn Tibaldo war womöglich noch stolzer. Wir müssen jedoch hinzufügen, daß Herr Bondi kein Professor war – er war eigentlich überhaupt kein Arzt. Wie sollte er auch, da er doch kein Latein beherrschte und sogar Italienisch nicht besonders gut lesen konnte? Er konnte keine Krankheiten erklären, wie es die Professoren in ihren Vorlesungen taten. Sie sagten zum Beispiel, daß ein Mensch krank wird, wenn in seinem Körper nicht das richtige Gleichgewicht zwischen Wärme und Kälte, Feuchtigkeit und Trockenheit besteht. Oder daß die Grippe durch die Einwirkung der Planeten hervorgerufen wird. Das italienische Wort *influenza* bedeutet «Einfluß». Die Geisteskrankheit wiederum führten sie darauf zurück, daß der Mond die Seele des Kranken verstört. Deshalb nennt man geistig verwirrte Menschen auf englisch auch *lunatics,* denn das lateinische Wort für den Mond ist *luna*. Nein, Lorenzo Bondi war ein einfacher, bescheidener Mann. Er war nur der Assistent des großen, gelehrten, weltberühmten Professors Petrus Turisanus. Der aber hielt wirklich Vorlesungen, die mit vielen langen Wörtern und bedeutenden Theorien gespickt waren.

Und was tat Lorenzo Bondi als Assistent von Professor Turisanus? Nur einfache Verrichtungen und Handgriffe.

Kam zum Beispiel ein Soldat mit einer tiefen Schwertwunde ins Krankenhaus, wurde Professor Turisanus gerufen, um eine Diagnose zu stellen. Dann sagte er etwa, das Gleichgewicht der Elemente im Körper sei stark gefährdet, weil der Patient viel Blut und damit Feuchtigkeit und Wärme verliere. Noch gefährlicher sei es, wenn sich die Wunde infizieren und dadurch zu viel Wärme im Körper erzeugen würde. Nach der Diagnose, dem wichtigsten Teil der Behandlung, überließ er den Soldaten der Obhut von Lorenzo Bondi, der sich um die Einzelheiten kümmerte. Er stoppte die Blutung, indem er eine Arterie oberhalb der Wunde zudrückte. Hatte die Wunde aufgehört zu bluten, wusch er sie sorg-

fältig mit Wein aus. Das war das beste Mittel zur Vorbeugung einer Infektion, das man damals kannte. Dann legte er dem Patienten einen sauberen Verband an, damit sich die Wunde schloß und sie geschützt wurde.

Der Verband wurde dreimal täglich gewechselt. Lorenzo war dabei so sanft und behutsam, daß viele Menschen bei ihm weniger Schmerzen zu empfinden schienen als bei den anderen Assistenten. Kam jemand mit einem gebrochenen Arm zu Professor Turisanus, sah der ihn sich nur flüchtig an, denn solche bloß mechanischen Probleme waren seiner Aufmerksamkeit nicht würdig. Also übernahm Lorenzo den Kranken, richtete rasch und sorgfältig den Knochen und legte eine Schiene an, die den Arm gerade hielt, bis der Bruch geheilt war. Fast immer wuchs der Knochen gerade zusammen, und der Arm des Patienten wurde wieder stark. Deshalb war Professor Turisanus für seine Heilung von Wunden und Knochenbrüchen berühmt. Die Menschen kamen nicht nur aus Bologna zu ihm, sondern auch aus weit entfernten Städten wie Florenz oder Pisa. Ein guter Ruf verbreitet sich schnell.

Schon mit fünf Jahren interessierte sich Tibaldo brennend für die Arbeit seines Vaters und bat inständig darum, in die Medizinische Fakultät mitkommen zu dürfen. Heute würde man das nicht mehr erlauben, denn inzwischen gibt es strenge Vorschriften, mit denen Neugierige – vor allem Kinder – von der Behandlung eines Kranken ausgeschlossen werden. Aber damals nahm man das noch nicht so genau, und Tibaldo durfte seinem Vater bei der Arbeit zusehen. Er hielt ihn für einen großen Mann. Lorenzo selbst sah sich als einfachen Assistenten, denn er war – wie wir schon feststellten – ein bescheidener und nicht sehr gebildeter Mensch. Sein Sohn aber hielt die Augen offen und zog

seine eigenen Schlüsse aus dem, was er sah. Er hatte recht mit seiner Meinung über Lorenzo. Und er träumte davon, ebenso wie sein Vater eines Tages Kranke heilen zu können.

Als Tibaldo sieben Jahre alt war, kam es in der Medizinischen Fakultät zu einer wichtigen Begegnung. Durch Zufall beobachtete er, wie eine Menge Studenten in langen Gewändern in einen hohen Saal mit langen Bänken und einem großen Rednerpult strömten. Kurz darauf schritt ein großer, weißbärtiger Mann, bekleidet mit einem prächtigen schwarzgoldenen Mantel und einem Samthut, sehr würdevoll durch den Saal nach vorne. Es war Professor Petrus Turisanus. Die Studenten erhoben sich respektvoll von den Bänken, und er bat sie, sich wieder zu setzen. Mit seiner kräftigen, feierlichen und bedächtigen Stimme sprach der Professor eine Stunde lang über vielerlei Dinge. Dabei gebrauchte er Worte, die Tibaldo nie zuvor gehört hatte – über Elemente und ihre Verbindungen zum Beispiel, über deren Anziehung und Ablehnung, Hervorbringung und Überwindung, über Opposition und Konjunktion der Planeten, über den Mikrokosmos des menschlichen Körpers und den Makrokosmos des Himmels. Er zitierte ganze Seiten berühmter griechischer und lateinischer Autoren wie Aristoteles, Hippokrates und Galen. Tibaldo verstand nicht sehr viel davon, aber was er hörte, faszinierte ihn. Er war so aufmerksam bei der Sache, daß er sich fast alles merken konnte, was der Professor auf italienisch gesagt hatte. Und er fand es sehr schade, daß ihm das Lateinische und Griechische entging.

Am Ende der Vorlesung standen die Studenten wieder respektvoll auf, und Professor Turisanus schritt genauso würdevoll zur Tür, wie er gekommen war – ohne nach rechts oder links zu schauen. (Er genoß seine Auftritte bei diesen Vorlesungen sehr.) Da entdeckte er aus dem Augenwinkel Tibaldo. Es überraschte ihn, daß ein kleiner Junge, nur halb so groß wie seine Studenten, still hinten im Saal stand. Er erkannte nicht, daß es der Sohn seines Assistenten war – er wußte ja nicht einmal, daß der überhaupt Kinder hatte. Professor Turisanus hielt inne und rief den Jungen zu sich. Natürlich fürchtete sich Tibaldo, weil er wußte, daß er eigentlich gar nicht dort sein durfte. Und doch ging er mutig auf den Professor zu. Dieser fragte ihn: «Junge, hast du

meine Vorlesung gehört?» Das bejahte Tibaldo. «Meine Vorlesungen dürfen nicht verschwendet werden», fuhr der Gelehrte fort. «Wenn du das getan hast, wirst du bestraft. Ich werde dich prüfen. Wie heißen laut Hippokrates die Körpersäfte? Antworte, schnell!» Tibaldo erschrak mächtig. Als der weltberühmte Mann sich drohend zu ihm hinunterbeugte und ihn anstarrte, war er so verängstigt, daß er sich kaum an den eigenen Namen erinnerte. Aber er hatte dem Vortrag sehr gespannt gelauscht und antwortete wie jemand, der im Schlaf spricht: «Der Körper des Menschen hat in sich Blut, Schleim, gelbe Galle und schwarze Galle; daraus ist sein Körper aufgebaut, und dadurch verspürt er Schmerzen und ist gesund. Am gesündesten ist er, wenn diese Säfte im richtigen Verhältnis ihrer Kraft und ihrer Menge zueinander stehen und am besten gemischt sind. Schmerzen hat er, wenn etwas von ihnen zu viel oder zu wenig vorhanden ist.» Tibaldo hätte noch lange so weiterreden können. Wie eine Schallplatte wiederholte er einfach alles, was er gehört hatte, obwohl er es gar nicht richtig verstand. Professor Turisanus unterbrach ihn verblüfft: «Wie alt bist du, Junge?» Tibaldo antwortete nicht gleich, weil er diese Antwort nicht einfach auswendig gelernt hatte. Doch schließlich brachte er heraus: «Sieben Jahre, Herr.» Da sagte Professor Turisanus: «Ich weiß zwar nicht, wer du bist, aber ich weiß, was du bist. Du hast medizinischen Verstand, und ein solcher Verstand muß gefördert werden. Ich werde dafür sorgen, daß du die Bildung bekommst, die du verdienst.»

Dem Professor ging etwas durch den Kopf, was er vor niemandem zugegeben hätte. Er hatte sieben Töchter und keinen Sohn. In jenen Tagen durften Frauen nicht Ärztin werden – meistens bekamen sie überhaupt keine höhere Bildung. Das bereitete dem Professor Kummer, denn er wollte seinen gewaltigen Wissensschatz an einen Nachkommen weitergeben, der seinen Namen und seinen Ruhm weitertragen würde. Es schmerzte ihn um so mehr, als er dreißig Jahre zuvor an den Universitäten von Bologna und Padua eine berühmte Vortragsreihe darüber gehalten hatte, wie man statt einer Tochter einen Sohn bekam. In den letzten Jahren hatte er diese Vorlesungen aber nicht mehr angeboten. Professor Turisanus hoffte also, daß Tibaldo ihm den Sohn ersetzen könnte, den er selbst nie gehabt hatte. Daß der Junge schon einen anderen Vater hatte – nämlich den Assistenten Lorenzo Bondi, wie sich herausstellen sollte –, änderte nichts an dem geheimen Wunsch des Professors.

Tibaldos Schule

Professor Turisanus hielt Wort. Er sorgte dafür, daß Tibaldo an der besten Schule von Bologna angenommen wurde, der Schule Heiligen-Joseph-im-Winkel. Und er bezahlte alles, von den Schulgebühren über die Unterbringung bis zur Verpflegung. Der Direktor, Meister Domenico, war berühmt dafür, daß die von ihm ausgebildeten Jungen (Mädchen waren nicht unter den Schülern) die besten Voraussetzungen für das Studium an der Universität von Bologna hatten. Wenn sie auf die Schule vom Heiligen-Joseph-im-Winkel kamen, konnten sie kaum Latein, aber am Ende ihrer Schulzeit beherrschten sie die Sprache gut. Sie lernten außerdem etwas Griechisch und ein wenig Mathematik und bekamen eine Einführung in die Astronomie.

Wir können nicht behaupten, daß Tibaldo auf dieser Schule besonders glücklich war. Schließlich war er außer an Sonn- und Feiertagen und in den Ferien jeden Tag von seinem Elternhaus weg, und er liebte seine Familie sehr. In der Schule herrschte strenge Disziplin, was für Meister Domenico sehr wichtig war: «Hier ist kein Platz für schwatzende Elstern, lahme Schildkröten

oder hüpfende Karnickel, und auch nicht für schwächliche Küken, dumme Esel oder unartige Affen.» Der Direktor war alles andere als sanft und glaubte, daß eine gelegentliche Tracht Prügel mit der Birkenrute seinen Schülern half, sich auf ihr Latein zu konzentrieren. Auch manche von den Lehrern dachten so. Tibaldo fand den Unterricht nicht besonders spannend – viel lieber sah er seinem Vater dabei zu, wie er gebrochene Knochen richtete und Wunden versorgte. Andererseits war er aber auch nicht unbedingt unglücklich. Seine Eltern waren sehr stolz, daß er die Aufmerksamkeit des großen Professors Petrus Turisanus erregt hatte. Sie freuten sich, daß er alles lernen würde, was man als Arzt wissen mußte. Auch Tibaldo war stolz darauf, daß ihm so eine glänzende Zukunft bevorstand. Und schließlich hatte er an der Schule gute Freunde, denn er war ein lebhafter Junge. In der ersten Stunde

mußten die Jungen ganze Seiten hersagen, die sie am Abend zuvor auswendig gelernt hatten. Manchmal waren es lateinische Grammatikregeln, manchmal auch Auszüge aus der lateinischen Bibel. Häufig wurden ihnen auch Reden des großen römischen Redners Cicero aufgegeben. Dann wieder mußten sie einen Abschnitt aus einem Buch über römisches Recht wiederholen (Meister Domenico sagte gerne, daß viele seiner Schüler Juristen geworden waren) oder Passagen aus Galens Buch über die Krankheiten (Meister Domenico erzählte mit gleicher Vorliebe, daß viele seiner Schüler Ärzte wurden). Und schließlich gab es Auszüge aus einem Logik-Lehrbuch (der Direktor brüstete sich damit, daß seine Schule bekannte Philosophen hervorgebracht hatte). Machte ein Junge zu viele Fehler, benutzte Meister Domenico seine Birkenrute. Ob das nun den Verstand der Jungen schärfte, mag bezweifelt werden, aber vielleicht jagte es ihnen so viel Angst ein, daß sie sich fortan mehr Mühe gaben. In der nächsten Stunde wurde übersetzt. Ein Hilfslehrer las in schnellem Tempo einen lateinischen Text vor, und die Schüler mußten die Übersetzung ins Italienische, ihre Alltagssprache, auf ihre Schiefertafeln schreiben. Dann las der Lehrer etwas Italienisches, das sie, so schnell sie konnten, ins Lateinische übertragen mußten.

Danach war Mathematik an der Reihe. Damals schrieb man noch mit römischen Ziffern: I bedeutete 1, V 5, X 10, L 50, C stand für 100, D für 500 und M für 1000. Ein Balken über den Buchstaben bedeutete, daß man sie mit 1000 multiplizieren mußte. So schreibt man zum Beispiel die Zahl 488 in römischen Ziffern als

CCCCLXXXVIII

und die Zahl 877 als

DCCCLXXVII.

Natürlich ist es nicht besonders schwer, 488 mit 877 zu multiplizieren und 427 976 herauszubekommen, wenn man es so wie heute macht. Versucht man dagegen, CCCCLXXXVIII mit DCCCLXXVII miteinander zu multiplizieren, um die Zahl

$$\overline{\text{CCCCXXVII}}\text{DCCCCLXXVI}$$

herauszubekommen, merkt man schnell, wie schwierig die Mathematik damals war.

Eine Stunde war dem Fach Rhetorik gewidmet, das Meister Domenico selbst unterrichtete. Er pflegte zu sagen, es gebe nichts, was den Verstand eines jungen Menschen besser schärfen würde, als über ein Thema zu reden, von dem er nichts verstand, und Schwachpunkte in der Argumentation des Gegners aufzuspüren. Dazu wählte er zwei Jungen aus, die sich auf ein Podest vor die Klasse stellen mußten. Dann stellte er ihnen eine unmögliche Frage, zum Beispiel: «Gibt es männliche und weibliche Engel?» oder «Wenn eine Witwe ein zweites Mal heiratet und später in den Himmel kommt, lebt sie dort mit ihrem ersten oder ihrem zweiten Mann?» oder auch «Was ist leichter, Gold in Blei zu verwandeln oder Blei in Gold?» Einer der beiden Jungen mußte die eine Auffassung vertreten, der andere die entgegengesetzte. Natürlich fand die ganze Debatte auf lateinisch statt, und um sie zu gewinnen und der Birkenrute zu entgehen, brauchte man nicht nur eine gewandte Argumentationsweise, sondern mußte auch gut in Grammatik sein.

Meister Domenico pflegte zu sagen, an seiner Schule werde Denksport gelehrt. Lange Seiten auswendig aufzusagen sei wie Gewichtheben. Das schnelle Übersetzen aus dem Lateinischen ins Italienische und umgekehrt verglich er mit einem Wettlauf, der vorwärts und rückwärts ausgetragen wird. Und die Rhetorik, meinte er, entspräche dem Ringen. So wurden die Jungen zwar gute Denksportler, aber an die Ertüchtigung des Körpers war nicht zu denken, denn sie hatten keine Freizeit. Manchmal gelang es ihnen, vor oder nach den Mahlzeiten oder auf dem Weg zur Kirche für ein paar Minuten zu entwischen und ein wenig von der Energie loszuwerden, die sich in ihren Armen und Beinen aufgestaut hatte. Im großen und ganzen machte man den kleinen Jungen das Leben nicht gerade leicht.

Tibaldo zeigte zwar sehr gute Leistungen, aber man kann nicht sagen, daß ihm alle Fächer gleich gut gefielen. Er mußte sie eben lernen, weil er gute Noten brauchte, um Arzt zu werden. Und er wußte, daß seine Eltern und Professor Turisanus auf ihn zählten. Aber das Auswendiglernen und das Übersetzen empfand er als mühselige Plackerei. Rhetorik hingegen machte ihm zumeist Spaß, denn er war schlagfertig und gewann häufig, indem er sich ein witziges Argument einfallen ließ.

Griechisch gefiel Tibaldo am besten. Nicht weil er unbedingt noch eine Sprache lernen wollte, sondern weil der Griechischlehrer, Meister Demetrios, ein bemerkenswerter Mann war. Sein Urgroßvater war 1453 aus Konstantinopel nach Italien gekommen. In diesem historisch bedeutsamen Jahr eroberten die Türken Konstantinopel, die damalige Hauptstadt des Byzantinischen Reiches, das auch als Oströmisches Reich bekannt war. Als sie von Zentralasien aus nach Westen vordrangen, eroberten sie immer größere Teile

dieses Reiches, bis außer der Hauptstadt fast nichts mehr übriggeblieben war. Konstantinopel widersetzte sich ihnen tapfer, aber am Ende wurde es doch eingenommen. Wie viele andere Soldaten aus Konstantinopel war auch Demetrios' Urgroßvater lieber nach Italien geflohen, als im Osmanischen Reich zu leben. Er hatte die Wahl, als Söldner im Heer einer der kleinen italienischen Städte und Herzogtümer zu dienen oder Griechisch zu unterrichten, die Sprache des Byzantinischen Reiches. Die Nachfrage danach war recht groß, denn viele große Werke der Antike waren noch nicht ins Italienische oder Lateinische übertragen worden, und außerdem war das Original besser als eine Übersetzung. So wurde der ehemalige Soldat Griechischlehrer, weil er – außer für eine gute Sache – nicht mehr in den Krieg ziehen wollte. Sein Sohn und sein Enkel folgten in seinen Fußstapfen, und schließlich war auch Demetrios, sein Urenkel, Griechischlehrer geworden. Die Familie hielt die Erinnerung an die Vergangenheit lebendig. Demetrios kannte die glorreichen Schlachten, in denen sein Urgroßvater gekämpft hatte, und erzählte seinen Schülern gern davon. Sie merkten bald, daß sie

ihn mit militärischen Fragen ablenken konnten, wenn sie keine Lust mehr hatten, sich bei der Übersetzung eines Abschnitts von Homer über die Trojanischen Kriege mit der Grammatik abzuquälen. «Wie hindert man feindliche Soldaten daran, die Mauern einer Festung zu erklimmen?» fragten sie zum Beispiel. Dann begann Demetrios unweigerlich eine lange Rede über Bogenschützen und brennenden Schwefel, und griechische Grammatik kam in dieser Stunde nicht mehr vor.

Der Gerechtigkeit halber sei hinzugefügt, daß die Schüler durch solche Manöver nicht einfach nur der Arbeit ausweichen wollten. Sie waren einfach fasziniert von Demetrios' begeisterten Erzählungen und seiner lebendigen Art, historische Ereignisse zu schildern. Er hatte Konstantinopel nicht vergessen, obwohl er selbst nie dort gewesen war. Außerdem war er davon überzeugt, daß eine große Armee die Stadt eines Tages den Türken entreißen und das Byzantinische Reich wieder aufbauen würde. Wenn das schon nicht zu seinen eigenen Lebzeiten geschah, so würden es doch sicher seine Kinder oder Enkelkinder noch erleben. Demetrios' Schüler waren von seiner Entschlossenheit begeistert und wollten ebenfalls große Taten vollbringen. Er sagte ihnen, sie sollten sich niemals vor irgend etwas fürchten. Am meisten von allen fühlte sich Tibaldo herausgefordert, ein mutiges Leben zu führen.

Noch ein anderes Fach gefiel Tibaldo besonders, und das war Astronomie. Warum sie in der Schule vom Heiligen-Joseph-im-Winkel überhaupt gelehrt wurde, ist sehr interessant. Meister

Domenico, der Schulleiter, verspürte kaum Neugier auf die große Welt der Natur. Ihm ging es nur um den Ruf seiner Schule, kleine Jungen für Berufe auszubilden, in denen sie berühmt und wohlhabend werden konnten. Er wußte, daß viele Gelehrte an Astrologie glaubten, derzufolge die Planeten die Gesundheit und den Erfolg des einzelnen Menschen beeinflussen. Die Astrologen sagen, daß mit der Sonne und dem Mond, mit jedem Planeten und jedem Stern ein bestimmter Geist verbunden ist. Zum Zeitpunkt der Geburt eines Kindes befinden sich alle Himmelskörper in einer ganz bestimmten Stellung im Verhältnis zum Ort der Geburt, und die mit ihm assoziierten Geister beeinflussen das Leben des Neugeborenen, ja kontrollieren es sogar. Der Mensch muß in seinem Leben viele Entscheidungen treffen – wen er heiraten, wo er wohnen und welchen Beruf er wählen soll oder zu welchem Zeitpunkt er bestimmte wichtige Unternehmungen wie Reisen, Investitionen oder Schlachten beginnen sollte. Welche Entscheidung glücklich und welche unglücklich ausgeht, hängt vom Einfluß der mit den Himmelskörpern assoziierten Geister ab. Welche Einflüsse das aber sind, wird davon bestimmt, in welchem Muster zueinander – in welcher Konstellation also – sie bei der Geburt stehen. Daher braucht man Experten, die einen vor schwierigen Entscheidungen beraten: die Astrologen. Jeder

Arzt mußte zum Beispiel selbst Astrologe sein oder sich zumindest von ihnen beraten lassen. Auch Prinzen, Generäle, Kaufleute, Juristen und andere, die wichtige Entscheidungen zu treffen hatten, brauchten den Rat solcher Fachleute. Wir müssen allerdings hinzufügen, daß es keinerlei Beweise für die Assoziation von Geistern mit den Himmelskörpern gibt. Zudem haben Forscher das Leben mehrerer Kinder sorgfältig studiert, die zur gleichen Zeit geboren wurden. Bei ihrer Geburt herrschten also die gleichen Gestirnskonstellationen. Man fand heraus, daß das Leben dieser Kinder völlig unterschiedlich verlief. Letztendlich erkannten die meisten intelligenten Menschen, daß Astrologie Unsinn war. Schon rund dreißig Jahre nach Tibaldos Geburt ließ zum Beispiel Shakespeare einen seiner Charaktere scharfsinnig feststellen:

> «Nicht durch die Schuld der Sterne, lieber Brutus,
> durch eigne Schuld nur sind wir Schwächlinge.»

Aber Shakespeare war seiner Zeit voraus und noch dazu außerordentlich intelligent. Als Tibaldo zur Schule ging, waren die Lehren der Astrologie noch nicht vollständig widerlegt, und daher glaubten viele einflußreiche Leute fest an die Macht der Sterne. Meister Domenico war kein Mann des selbständigen Denkens – da ihm aber der Ruf seiner Schule über alles ging, akzeptierte er einfach die Auffassung, der Glaube an die Astrologie sei gerechtfertigt und seine Schüler müßten sie früher oder später kennenlernen. Und warum wurde dann in der Schule vom Heiligen-Joseph-im-Winkel nicht Astrologie gelehrt, sondern Astronomie? Nun, die Astronomie betrifft ja – unter anderem – das Studium der Bahnen, die die Sonne, der Mond, die Planeten und die Sterne scheinbar über den Himmel ziehen. Die Astrologen waren auf die Hilfe der Astronomen angewiesen, denn sie brauchten Informationen über diese Bahnen. Damit fabrizierten sie ihre eigenen unsinnigen Voraussagen über den Einfluß der Himmelskörper auf den Menschen. Die Schüler vom Heiligen-Joseph-im-Winkel hatten also mehr Glück, als ihnen bewußt war: Meister Domenico hielt die Astronomie für ein einfaches Fach, das auch kleine Jungen verstehen, die Astrologie aber für ein tiefgründiges, schwieriges Thema, das man erst an der Universität lernen kann. Daher gab es tagsüber gelegentlich eine Astronomievorlesung, und nachts betrachteten die Schüler unter Anleitung den Mond, die Sterne und die Planeten. So blieb ihnen jeder astrologische Unsinn erspart. Außerdem betrachtete ihr Lehrer die Astrologie insgeheim mit großer Skepsis, hielt es aber für besser, seine Meinung für sich zu behalten. Und so blieb ihm auch etwas erspart: Er mußte nichts unterrichten, an das er nicht glaubte.

Der Astronomieunterricht

Der Astronomielehrer an der Schule Heiligen-Joseph-im-Winkel war Meister Vittorio Rhaeticus. Er stammte aus Polen und war dort auch ausgebildet worden, vor allem von seinem Großvater Georg Joachim Rhaeticus. Dieser war ein berühmter Astronom und Schüler eines noch berühmteren Astronomen gewesen: des großen Nikolaus Kopernikus.

Eigentlich hieß Meister Vittorio mit Vornamen Wojciech. Weil die Leute in Bologna das aber nicht aussprechen konnten, ließ er sich – wenn auch etwas widerwillig – auf den Ersatznamen Vittorio ein. Etwas anderes ärgerte ihn noch mehr: Seine Beziehungen zu seinem berühmten Großvater und dessen großem Lehrer gereichten ihm in dieser Stadt wider Erwarten nicht zum Vorteil – im Gegenteil. Er war mit einigen Empfehlungsschreiben nach Bologna gekommen, in denen sein astronomisches Fachwissen und seine mathematischen Fähigkeiten gelobt wurden. Er hatte sich eine Anstellung als Dozent für Astronomie an der Universität Bologna erhofft und damit gerechnet, einmal Professor zu werden. Schließlich hatte Kopernikus von 1497 bis 1500 selbst diese Univer-

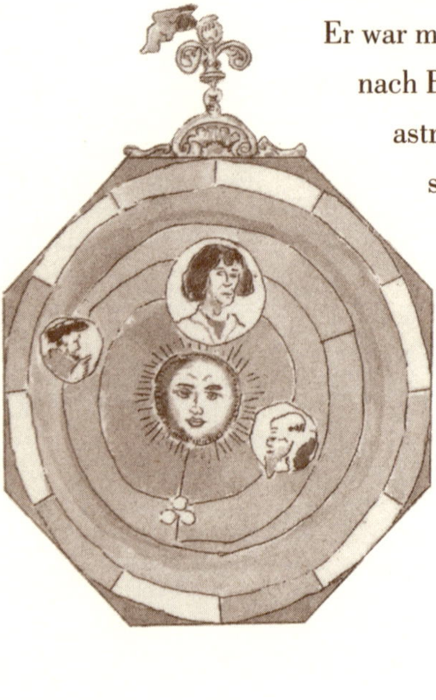

sität besucht und war einer ihrer berühmtesten Studenten. Das Problem war allerdings, daß Kopernikus *zu* berühmt war. Er hatte ein großartiges Buch mit dem Titel *Über die Kreisbewegungen der Weltkörper* geschrieben. Darin vertrat er die Auffassung, daß die Erde im Verlauf eines Jahres in einer Umlaufbahn um die Sonne kreist und genauso wie Merkur, Venus, Mars, Jupiter und Saturn ein Planet ist. Er behauptete, daß sie sich einmal am Tag um ihre eigene Achse dreht und es aufgrund dieser Erddrehung so aussieht, als würde die Sonne im Osten auf- und im Westen untergehen.

Kopernikus war ein kühner, geradezu revolutionärer Mann, denn fünfzehnhundert Jahre lang hatte man allgemein akzeptiert, daß die Erde das Zentrum des Universums ist und daß die Sonne, die Planeten und die Sterne um sie kreisen. Die kopernikanischen Theorien wurden nicht nur von den meisten Astronomen, sondern auch von der Kirche abgelehnt. Ihr zufolge ist alles wahr, was in der Bibel steht, einschließlich der Stellen, die darauf hindeuten, daß die Erde stillsteht und die Sonne sich um sie

dreht. Als also Vittorio Rhaeticus in der Hoffnung nach Bologna kam, die Ideen von seinem Großvater und Kopernikus an der Universität bekanntzumachen, wurde er abgelehnt, weil er zu radikal war. Die einzige Stelle, die es in der Stadt für ihn gab, war die eines Lehrers an der Schule Heiligen-Joseph-im-Winkel. Dort sollte er aber keine Theorien diskutieren, sondern lediglich den Schülern beibringen, wie man den Sternenhimmel betrachtet und seine Beobachtungen beschreibt.

Tibaldos erste Astronomiestunde fand an einem klaren Septemberabend statt. Er kletterte mit seiner Klasse über eine enge Wendeltreppe auf das große, flache Schuldach, das die umliegenden Gebäude so weit überragte, daß man in fast alle Richtungen einen guten Blick auf das Himmelsgewölbe genoß. Meister Vittorio ließ die Schüler eine Weile nach oben schauen, ohne daß er etwas sagte. Dann wies er sie auf etwas hin, was ihnen schon aufgefallen war – der Sternenhimmel wirkte vollkommen still.

«Ihr müßt lernen, euch am Himmel wie zu Hause zu fühlen», fuhr er fort. «Findet euch dort oben zurecht, indem ihr euch bekannte Orientierungspunkte merkt, genauso, wie ihr es in der Stadt auch tut.» Als Orientierungspunkte zeigte er ihnen einige

Sternbilder oder Konstellationen. Das sind Gruppen von Sternen, die ein erkennbares Muster bilden.

Er wies sie zum Beispiel auf den Großen Wagen hin, der auch Großer Bär genannt wird, mit seiner Deichsel aus drei Sternen und dem Wagen aus vier Sternen. Dann war Cassiopeia an der Reihe, das dem Buchstaben W ähnelt. Direkt über sich sahen sie ein Sternbild in Form eines Kreuzes, in dem man mit einiger Phantasie auch einen fliegenden Schwan sehen kann. Diese Konstellation heißt Cygnus oder der Schwan. Zum westlichen Horizont hin, wo die Sonne erst vor etwa einer Stunde untergegangen war, zeigte Meister Vittorio seinen Schülern ein Sternbild, auf das sie besonders achten sollten. Es war der Skorpion – als sie sich ein bißchen Mühe gaben, sah das Muster tatsächlich bald wie ein Skorpion aus. Alle bemerkten darin einen sehr hellen, roten Stern, den Antares – aber Meister Vittorio wollte noch auf etwas anderes hinaus, und er ließ ihnen viel Zeit. Plötzlich rief einer: «Antares und der Rest vom Skorpion bewegen sich auf den Horizont zu. Sie gehen unter!» Er hatte recht. Der erste Eindruck, daß sich am stillen Nachthimmel nichts bewegt, hatte getrogen. Das von den Sternen gebildete Muster stand nicht still, sondern

bewegte sich ganz langsam. Am deutlichsten war diese Bewegung bei den Sternen, die dem westlichen Horizont am nächsten waren, wenn sie untergingen, und dem östlichen, wenn sie aufgingen.

Ein paar Abende später hatten die Schüler erkannt, daß sich die Position der Sterne zueinander im Verlauf der Nacht nicht ändert. Sie schienen an einer großen Kuppel über der Erde angebracht zu sein, und wenn sich diese Kuppel drehte, wanderten die Sterne mit, und die Abstände zwischen ihnen blieben gleich. Meister Vittorio erklärte, die bewegliche Kuppel sei nur eine Illusion. In Wirklichkeit sei es die Drehung der Erde selbst, die den Anschein erweckt, daß sich das Sternenmuster um die Erde dreht.

Manchmal gab es auch tagsüber eine Astronomiestunde, so daß die Schüler die Sonne anschauen konnten. Den aufgeweckteren Jungen wurde bald klar, daß dieselbe Erdrotation, die die scheinbare Drehung des Firmaments in der Nacht bewirkt, am Tage die scheinbare Wanderung der Sonne über den Himmel zur Folge hat. Einer von ihnen fragte, ob die Position der Sonne im Vergleich zu den Sternen genauso starr ist wie die Lage der einzelnen Sterne zueinander. Meister Vittorio antwortete: «Das ist eine gute Vermutung, aber sie trifft es nicht ganz. Die Position der Sonne zu den einzelnen Sternen ändert sich von einem Tag zum nächsten nur sehr geringfügig, und deshalb sieht es zunächst so aus, als wäre der Abstand zu ihnen immer gleich. Aber im Jahresverlauf ändert sich die Sonnenposition erheblich. Im Verlauf eines Jahres bewegt sich die Sonne sogar in einem Kreisbogen durch die Sternbilder, entlang einer Bahn, die man die Eklipse nennt. An der Eklipse liegen zwölf Sternbilder:

Pisces oder Fische,
Aries oder Widder,
Taurus oder Stier,
Gemini oder Zwillinge,
Cancer oder Krebs,
Leo oder Löwe,
Virgo oder Jungfrau,
Libra oder Waage,
Scorpio oder Skorpion,
Sagittarius oder Schütze,
Capricornus oder Steinbock,
Aquarius oder Wassermann.

Die Sonne benötigt ein Zwölftel eines Jahres für ihren Weg durch ein Sternbild; dann wandert sie weiter nach Osten durch die nächste Konstellation.» Meister Vittorio konnte nicht widerstehen: Er mußte seinen Schülern Kopernikus' Erklärung für die Bewegung der Sonne durch die Eklipse mitteilen, vermied es aber sorgfältig, seinen Namen zu erwähnen. Er sagte lediglich, daß die Erde in 365 Tagen und ein paar Stunden einmal die Sonne umrundet. Die Sterne, die mehr oder weniger entlang einer geraden Linie von der Erde zur Sonne liegen, wenn die Erde sich an einem bestimmten Punkt ihrer Umlaufbahn befindet, haben sich natürlich nach einem halben Jahr, wenn unser Planet bis zum gegenüberliegenden Punkt der Umlaufbahn gewandert ist, sehr weit von dieser Linie entfernt.

Meister Vittorio erklärte seinen Schülern diese Dinge ausführlich, aber ein Punkt beschäftigte die aufmerksameren von ihnen immer noch. Schließlich wagte Stefano Costa, ein guter Freund von Tibaldo, einen Einwand: «Herr, woher wißt Ihr, daß die Sonne im Laufe eines Jahres durch die Konstellationen wandert? Wenn sie scheint, sehen wir doch die Sterne gar nicht, und wenn die Sterne sichtbar sind, sehen wir die Sonne nicht.»

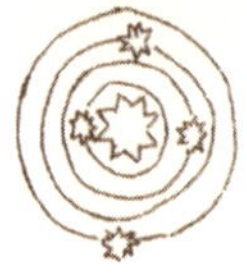

Meister Vittorio war über Stefanos Frage alles andere als unglücklich. Im Gegenteil, er hatte insgeheim schon darauf gewartet. «Eine sehr gute Frage!» sagte er. «Wer kann sie beantworten?» Zunächst schwiegen alle, aber nach ein paar Hinweisen wagte Stefano eine Vermutung. Er erinnerte sich daran, daß die Klasse bei ihrer ersten Astronomiestunde Mitte September gesehen hatte, wie das Sternbild Skorpion kurz nach Sonnenuntergang untergegangen war. Einen Monat später aber war zu diesem Zeitpunkt der Schütze am Horizont verschwunden, und weitere vier Wochen später der Widder. Offensichtlich hatte sich die Sonne in diesen beiden Monaten von einem Sternbild zum nächsten bewegt. Meister Vittorio war mit dieser Antwort sehr zufrieden. Er sagte zu seinen Schülern: «Ihr wandelt wie ganz normale Menschen auf der Erde, aber allmählich fangt ihr an, in Gedanken bei den Sternen zu sein wie die richtigen Astronomen.»

Meister Vittorio war so begeistert, daß er ihnen auch noch andere bedeutsame Folgen der Erddrehung um die Sonne erläuterte. Die Achse, um die sich die Erde im Verlauf eines Tages dreht, ist im Verhältnis zu ihrer Umlaufbahn um die Sonne geneigt. Deshalb ist ein Punkt, der nördlich oder südlich des Erdäquators liegt, nicht jeden Tag gleich lang der Sonne ausgesetzt. Infolgedessen gibt es überall auf der Welt, außer am Äquator, einen Jahreszeitenzyklus – jedem Frühjahr folgt der Sommer, dann der Herbst und schließlich der Winter, der wiederum vom Frühling abgelöst wird. Zweimal im Jahr kommt es vor, daß Tag und Nacht genau gleich lang sind. Diese Tage nennt man Frühlingstagundnachtgleiche oder *Frühlingsäquinoktium* und Herbsttagundnachtgleiche oder *Herbstäquinoktium*.

Die Tagundnachtgleiche im Frühjahr tritt auf der Nordhalbkugel an einem Tag auf, an dem sich die Sonne im Sternbild Fische befindet. Ein Vierteljahr später kommt es zur Sommersonnenwende mit dem längsten Tag und der kürzesten Nacht des Jahres. Umgekehrt liegt der Tag mit der kürzesten Sonnenscheindauer und der längsten Nacht, die Wintersonnenwende, drei Monate nach der Herbsttagundnachtgleiche.

Nach dieser Erklärung von Meister Vittorio schwiegen die Schüler eine ganze Weile und dachten voller Staunen über diese ständige Drehung der Erde um die Sonne und über die Abfolge der Jahreszeiten nach. Aber Tibaldo erinnerte sich plötzlich an das, was er bei seinen Besuchen an der Medizinischen Fakultät der Universität Bologna erfahren hatte. Die Sternbilder, die die Sonne in ihrem Jahreslauf durchwanderte – Fische, Widder, Stier, Zwillinge, Krebs, Löwe, Jungfrau, Waage, Skorpion, Schütze, Steinbock und Wassermann –, waren genau dieselben, die den Astrologen zufolge das Leben der einzelnen Menschen beeinflußten. Er hatte gehört, wie die Ärzte feierlich darüber beratschlagten, mit welchem Kraut die geschwollenen Beine eines Patienten behandelt werden sollten, der im Sternbild Wassermann geboren war. Dieses Kraut war unweigerlich ein anderes als das, was einem Patienten mit dem Sternbild Waage verschrieben werden würde. Deshalb fragte Tibaldo: «Bestimmen denn die Sternbilder, die die Sonne entlang der Eklipse durchwandert, auch die Gesundheit und das Schicksal des Menschen, wie die Astrologen sagen?» Eigentlich wollte Meister Vittorio diese Frage nicht beantworten. Er selbst glaubte nicht an Astrologie, wußte aber, daß Meister Domenico, sein Chef, ein begeisterter Anhänger dieser Disziplin war. Und Vittorio wollte es nicht riskieren, seine Stelle zu verlieren. Deshalb antwortete er ausweichend: «Natürlich beeinflussen die Bewegungen der Himmelskörper den Menschen. Während die Sonne die Konstellationen der Eklipse durchwandert, ändern sich die Jahreszeiten, und davon wird unser Leben sehr stark berührt.» Aber Tibaldo gab sich nicht so schnell zufrieden und erwiderte: «Ja, Meister, das weiß ich. Der Lauf der Jahreszeiten beeinflußt aber jeden Menschen auf die gleiche Weise. Ich möchte nun jedoch wissen, ob die Stellung der Sterne und Planeten zum Zeitpunkt der Geburt das Leben jedes einzelnen Menschen beeinflußt.» Er hatte Meister Vittorio eine Falle gestellt, und sein Lehrer war sich dessen bewußt. Deshalb schützte er Unwissenheit vor. «Ich bin nur ein bescheidener Astronom», antwortete er. «Ich weiß ein wenig über die Bewegungen des Mondes, der Sonne, der Planeten und der Sterne, aber nichts über irgendwelche seltsamen Kräfte, die die Himmelskörper vielleicht auf den Menschen ausüben. Ich kann nur von mir selbst reden, und vielleicht ist mein Fall ganz untypisch. Meine Eltern haben mir erzählt, daß die Planeten Mars und Venus zum Zeitpunkt meiner Geburt sehr nah beieinanderstanden – in Konjunktion, wie die Astronomen sagen. Nun war der römische Gott, nach dem der Mars benannt wurde, der starke Kriegsgott, die Venus aber war die Göttin der Liebe. Deshalb meinten meine Eltern, ich würde sehr viel Glück in der Liebe haben. Nun ja, ich bin immer noch nicht verheiratet, habe noch nicht mal eine Freundin. Und irgendwie habe ich das Gefühl, eine Verdopplung meines Lohns würde mein Glück in der Liebe viel mehr fördern als die Konjunktion von Mars und Venus bei meiner Geburt. Aber macht euch nicht so viele Gedanken über meinen Fall – vielleicht bin ich auch die absolute Ausnahme.»

Nichts als Ärger mit dem Kalender

Im Januar 1582 gab es in den Straßen von Bologna einen ernst zu nehmenden Aufstand. Ursache dafür war ein Gerücht, daß der Kalender geändert werden sollte. Als die Veränderungen dann im Februar des Jahres in den katholischen Ländern tatsächlich angekündigt wurden, kam es in vielen Städten zu Unruhen. Bei der Umstellung des alten Kalenders sollten zehn Tage einfach unter den Tisch fallen. Die Demonstranten riefen: «Gebt uns unsere zehn Tage wieder!» Ungefähr eineinhalb Jahrhunderte später, als der Kalender auch in den protestantischen Ländern umgestellt wurde, wiederholten sich ähnliche Szenen der Unzufriedenheit und des Tumults, allerdings in verschärfter Form. Weil sich die Folgen der alten, fehlerhaften Zeitrechnung über längere Zeit angesammelt hatten, ging noch ein Tag mehr verloren. Zudem wurde die Frage der Reform durch religiöse Konflikte verkompliziert. Nun riefen die Demonstranten: «Gebt uns die elf Tage wieder, die der Papst und der Teufel uns gestohlen haben!»

Es ist ganz normal, daß die Menschen das bewahren möchten, was sie kennen. Die Veränderungen im Kalender riefen freilich ganz besondere Ängste hervor – man fürchtete, das Getreide würde nicht reif, die neue Zeitrechnung würde die Zugvögel durcheinanderbringen, die Bahnen der Himmelskörper würden aus den Fugen geraten, das Leben der Menschen würde verkürzt und religiöse Feiertage würden entweiht. Um diese merkwürdige Verwirrung zu verstehen, müssen wir überlegen, welche Fehler der alte Kalender hatte und wodurch sie beseitigt werden sollten.

Dazu greifen wir auf einige Einzelheiten aus Meister Vittorios Unterricht zurück. Sie betreffen die Bewegungen der Himmelskörper, die die Länge des Tages und des Jahres bestimmen. In der Natur gibt es viele Bewegungen, die sich ständig wiederholen und an denen sich kaum je etwas ändert. Jede von ihnen ist ein natürlicher Zeitmesser, und die Länge einer Wiederholung kann als Zeiteinheit dienen.

Ein Beispiel für eine solche – für den Menschen sehr wichtige – Zeiteinheit ist der Sonnentag. Zwischen ihrem Aufgang und ihrem Untergang beschreibt die Sonne scheinbar einen großen Bogen am Himmel. Auf ihrem Weg gibt es einen Augenblick, an dem sie den höchsten Punkt erreicht hat. Wir können diesen Augenblick «Mittag» nennen, wenn wir uns mit diesem Wort auf den Höchststand der Sonne beziehen und nicht auf «zwölf Uhr» nach einer von Menschen gemachten Uhr.

Die Dauer des Tageslichts zwischen Sonnenauf- und Sonnenuntergang variiert zwar je nach Jahreszeit, weshalb sich die Zeitspanne zwischen zwei Sonnenaufgängen ebenfalls von einem Tag zum anderen ändert, aber die Spanne zwischen zwei aufeinanderfolgenden Mittagen bleibt das ganze Jahr lang nahezu gleich. Diese Zeitspanne ist der Tag, oder genauer: der Sonnentag. Ein beliebiger Zeitraum wird dementsprechend an der Zahl der seit einem bestimmten Mittag vergangenen Mittage gemessen.

Die Bruchteile eines Tages sind schwerer zu messen, lassen sich aber abschätzen, indem man beobachtet, wie weit die Sonne oder die Sterne in ihrer Bahn über den Himmel fortgeschritten sind. Freilich bekam der Mensch mit der Erfindung mechanischer Uhren ein genaues Instrument an die Hand, um Tagesbruchteile zu bestimmen.

Eine weitere Bewegung, die sich stets wiederholt, ist der Lauf der Sonne durch die Konstellationen der Eklipse. Beginnen wir mit unserer Beobachtung, wenn die Sonne an einem bestimmten Punkt in einem Sternbild steht, sagen wir, am Beginn der Konstellation Fische – nach genau einem Jahr wird sie denselben Punkt wieder erreichen. Längere Zeitspannen werden dann an der Anzahl der Jahre gemessen, die seit dem Anfangszeitpunkt vergangen sind.

Eine weitere natürliche Zeiteinheit ist der Mondmonat – die Zeitspanne, in der der Mond alle seine Phasen von einem Neumond bis zum nächsten durchläuft. Die wichtigsten Einheiten für den Menschen sind jedoch der Tag und das Jahr. Der Wechsel zwischen Tageslicht und Dunkelheit bestimmt bei den meisten Menschen, wann sie schlafen und wann sie wach sind. Die Abfolge der Jahreszeiten wiederum bestimmt den Zeitpunkt für Aussaat und Ernte der Feldfrüchte.

Wenn es aber so gute natürliche Zeitmesser gibt, wozu brauchen wir dann noch einen Kalender? Die Antwort liegt in der Tatsache, daß der Mensch ein soziales Wesen ist. Er lebt nicht nur in der großen Welt der Natur, sondern auch in der mittleren Welt der menschlichen Gesellschaft. Der Kalender wird zur Koordination gemeinschaftlicher Aktivitäten benötigt. Nehmen wir zum Beispiel eine Parlamentswahl – die Wählerinnen und Wäh-

ler müssen ja wissen, wann sie ins Wahllokal gehen müssen, um sicher zu sein, daß sie dort auch Kabinen und Urnen finden. Ähnlich verhält es sich mit Messen und Ausstellungen. So wird zum Beispiel die große Gastronomiemesse im französischen Dijon stets an dem Wochenende gefeiert, das dem 11. November am nächsten liegt. Ein Bauer reist nicht mitsamt seinen Würstchen, Kräutern, Senftöpfen und anderen Köstlichkeiten in die Stadt, wenn er dort vielleicht keine Käufer für seine Waren antrifft; genauso wie die Käufer sicher sein müssen, daß sie bei ihrer Ankunft Marktstände vorfinden. Ein Kalender sorgt dafür, daß Käufer und Verkäufer gleichzeitig am Ort der Messe sind. Auch religiöse Feiertage sind soziale Ereignisse. Sie sollten aus zwei Gründen von allen Anhängern einer bestimmten Glaubensrichtung gleichzeitig begangen werden. Zum einen entsteht ein wichtiges Gemeinschaftsgefühl, wenn sich Menschen ähnlichen Glaubens versammeln, um ihre heiligen Rituale abzuhalten. Zum anderen sind viele religiöse Feste Jahrestage vergangener Ereignisse. Ein solches Fest verliert seine Bedeutung, wenn man es nicht zur selben Zeit im Jahr feiert, zu der das ursprüngliche Ereignis stattfand.

Tibaldo hatte seine eigenen Gründe, weshalb er sich für dieses Thema interessierte. Der Kalender bestimmte nämlich den Zeitpunkt, wann er seine Familie besuchen durfte. Einerseits wollte er die Schule Heiligen-Joseph-im-Winkel nicht verlassen, denn er hatte den Ehrgeiz, Arzt zu werden, und dazu mußte er hier seine Ausbildung absolvieren. Allerdings litt Tibaldo ziemlich häufig unter Heimweh. Schließlich war er noch ein kleiner Junge – erst sieben Jahre alt, als er auf diese Schule kam. Im Jahr 1582, als sich sein seltsamstes Abenteuer ereignete, war er elf. Er liebte sein gedrängtes Zuhause mit seinen Eltern, Geschwistern und Neffen sehr. Hier wurde er als wichtige Person angesehen, während er an der Schule nur einer von vielen war. Er freute sich stets auf daheim.

Den Sonntagnachmittag und -abend durfte er bei seiner Familie verbringen. An einigen Feiertagen – Allerheiligen, Weihnachten, Ostern und Himmelfahrt – wurde die Schule geschlossen, und alle Schüler gingen nach Hause. Außerdem gab es im Sommer einen Monat Schulferien. Und schließlich hatte Tibaldo eine Sondererlaubnis von Meister Domenico erhalten, den Geburtstag bei seiner Familie zu verbringen. Er hatte Doktor Turisanus gebeten, sich bei Meister Domenico in dieser Sache für ihn zu verwenden. Wie bereits erwähnt, waren die Geburtstage bei den Bondis großartige Ereignisse, und Tibaldo wollte unbedingt an diesem einen Tag im Jahr zu Hause König sein. Also studierte er immer wieder einen Tafelkalender, der in seiner Schule an der Wand hing. Er sollte jedoch bald erfahren, daß es mit dem Kalender große Probleme gab – sie waren gefährlicher, als Tibaldo es sich je hätte träumen lassen.

Aber warum sollte es so schwierig sein, die Tage eines Jahres in einem Kalender zu ordnen? Man bräuchte doch nur – so könnte man denken – einen bestimmten Tag als ersten Tag des Jahres zu bestimmen und dann die Sonnentage abzuzählen, bis ein Sonnenjahr vorüber ist. Und wenn man Unterteilungen braucht, die länger sind als ein Tag, bietet sich ein anderer natürlicher Zeitmesser wie der Mond an, um die Länge eines Monats festzulegen. Oder man einigt sich auf eine willkürlich festgelegte Gruppe von Tagen, zum Beispiel die Woche. Doch leider spielt die Natur bei keiner dieser Lösungen so recht mit. Am ärgerlichsten ist es, daß ein Sonnenjahr sich nicht in ganze Tage aufteilen läßt. Es ist nämlich 365,2422 Sonnentage lang, also 365 Tage, 5

Stunden, 48 Minuten und 46 Sekunden. Beginnt ein neues Jahr nun um Mitternacht und das nächste Jahr soll genau nach Ablauf eines Sonnenjahres anfangen, dann liegt dieser Zeitpunkt 5 Stunden, 48 Minuten und 46 Sekunden nach Mitternacht. Das darauffolgende Jahr würde dann 11 Stunden, 37 Minuten und 32 Sekunden nach Mitternacht beginnen und so weiter. Das wäre also eine ziemlich schlampige Art, einen Kalender zu entwerfen. Wenn er einen Nutzen haben soll, muß das Jahr in ganze Tage teilbar sein, und die Länge des Jahres darf lediglich im Durchschnitt 365,2422 Sonnentage betragen. Ähnlich ist es mit den Monaten – der Zeitraum von einem Neumond zum nächsten beträgt 29 Sonnentage, 12 Stunden, 44 Minuten und 3 Sekunden. In jedem Sonnenjahr gibt es also 12,37 Mondzyklen. Will man nun das Jahr in zwölf Kalendermonate aufteilen und soll jeder Monat in ganze Tage teilbar sein, so können nicht alle Kalendermonate gleich viele Tage bekommen.

In den meisten Mittelmeerländern und dem größten Teil Europas hatte man sich mehr als sechzehnhundert Jahre nach dem Julianischen Kalender gerichtet. Er war nach Julius Cäsar benannt worden, der den Kalender um 45 vor Christus eingeführt hatte. Damals beherrschte Cäsar Rom und das ganze riesige Weltreich um das Mittelmeer herum, das von Rom erobert worden war.

Schon vor Cäsars Zeiten hatte es in Rom einen Kalender gegeben. Dieser war aber eine schlechte Lösung, denn seine Regeln wechselten ständig. Man hatte die für die Rituale der römischen Götter und Göttinnen zuständigen Priester beauftragt, die Länge der Monate so abzustimmen, daß ein Kalenderjahr ungefähr einem Sonnenjahr entsprach. Nun fügten aber die Geistlichen aus politischen Gründen die zusätzlichen Tage jeweils so ein, daß

die Amtszeit des von ihnen bevorzugten Herrschers verlängert wurde. Demgegenüber bedeutete der Julianische Kalender eine Verbesserung, denn seine Regeln waren unveränderlich und leicht verständlich.

Auf Anraten der zeitgenössischen Astronomen ging Julius Cäsar davon aus, daß das Sonnenjahr genau 365,25 Sonnentage hatte. Damit das Kalenderjahr im Durchschnitt dieselbe Länge bekam, ordnete er an, daß drei von vier Jahren 365 Tage haben und das vierte ein Schaltjahr mit 366 Tagen sein sollte. Der zusätzliche Tag wurde Ende Februar angefügt. Cäsar wußte nicht, daß das Sonnenjahr in Wirklichkeit 365,2422 Sonnentage beträgt. Damit war sein Kalenderjahr durchschnittlich 11 Minuten und 14 Sekunden länger als das Sonnenjahr. Und wenn der große Staatsmann über die Ungenauigkeit seines Kalenderjahres informiert gewesen wäre, hätte es ihn gekümmert? Das wissen wir natürlich nicht. Es ist freilich nur schwer vorstellbar, daß der willensstarke, ichbezogene Feldherr, der Gallien erobert, Britannien erstürmt und seinen römischen Rivalen Pompejus in einem blutigen Bürgerkrieg besiegt hatte, sich um eine Abweichung von 11 Minuten und 14 Sekunden große Sorgen machen würde. Nach seinem Tod gab es allerdings tatsächlich einige, denen die Differenz Kopfzerbrechen machte. Ihre Gründe hätten Julius Cäsar verblüfft, und noch verblüffter wäre er über die Macht dieser Leute gewesen, seinen Kalender zu ändern – einen Kalender, auf den er sehr stolz gewesen war wie auf alles, was er tat. Papst Gregor, der für die Umstellung im wesentlichen verantwortlich war, lebte in Rom, das hätte Cäsar sicherlich verstanden. Aber daß der Papst dort nicht aufgrund militärischer Erfolge regierte, sondern weil er ein Geistlicher war – noch dazu Geistlicher einer Religion, die es seinerzeit noch nicht einmal gegeben hatte –, hätte er wohl völlig unbegreiflich gefunden.

Zwischen dem Tod Julius Cäsars im Jahr 44 vor Christus und der Kalenderreform von Papst Gregor 1582 kam es zu einer der wichtigsten Revolutionen der Menschheitsgeschichte: den Anfängen des Christentums und seiner Ausbreitung, bis es zur vorherrschenden Religion in Europa geworden war. Die Einzelheiten dieser Revolution würden uns zu weit von unserer Geschichte wegführen, aber die wichtigsten Fakten dürfen wir nicht außer acht lassen. Immerhin war die kleine Welt Tibaldos ein Teil der mittleren, sozialen Welt, in der das Christentum die zentrale Rolle spielte. Schon wenn wir von 1582 als Datum sprechen, erkennen wir unbewußt den ungeheuren Einfluß dieser Religion an, denn Jahreszahlen werden ab dem Geburtsjahr von Jesus Christus berechnet. Jesus galt als Erlöser, dessen Ankunft von gewissen jüdischen Propheten vorhergesagt worden war. Für sie war er der *Messias* (nach dem hebräischen Wort für «der Gesalbte»). Auf griechisch heißt das *Christus*, weshalb die Anhänger Jesu sich als Christen und ihre Religion als Christentum bezeichneten. Im Zuge der Entwicklung dieser Religion wurde Jesus von den Christen nicht nur als menschlicher Erlöser, sondern auch als göttliches Wesen angenommen.

Jesus stammte aus Judäa, das nicht allzu lange vor dem Beginn von Cäsars Herrschaft in Rom von einem römischen General erorbert worden war. So wurden die Bewohner Judäas, die Juden, gegen ihren Willen zu Untertanen des Römischen Reiches. Sie widersetzten sich ihm vor allem deshalb, weil einige der Forderungen, die man an sie stellte – zum Beispiel die Verehrung des Kaisers –, ihrer Religion widersprachen. Die römischen Eroberer Judäas gingen streng gegen Aufständische vor. Viele wurden grausam durch Hinrichtung am Kreuz bestraft. Auch

Jesus wurde des Aufrührertums verdächtigt und im Alter von 33 Jahren gekreuzigt. Den Christen zufolge erhob er sich am dritten Tag nach der Kreuzigung aus seinem Grab und stieg zum Himmel auf. Dieser Tag der Auferstehung war ein Sonntag. Er wird von den Christen als Ostertag gefeiert und ist für sie der wichtigste Feiertag im ganzen Jahr.

Anfangs waren die Christen nur eine sehr kleine Minderheit unter den Juden, aber Paulus und andere engagierte Missionare bekehrten mit der Zeit immer mehr Menschen innerhalb des Römischen Reiches. Die Christen wurden zwar durch die römische Regierung über zwei Jahrhunderte gnadenlos verfolgt, dennoch wuchs ihre Zahl bemerkenswert rasch an. Der große Durchbruch kam 312 mit dem Übertritt des Kaisers Konstantin des Großen zum Christentum. Konstantin ließ zwar auch andere Religionen zu, so natürlich den überlieferten römischen Glauben mit seinen vielen Göttinnen und Göttern, aber das Christentum wurde bevorzugt und schon bald zur offiziellen Religion des Römischen Reiches erklärt.

Konstantin war beunruhigt, daß es zwischen den christlichen Anführern viele Glaubensunterschiede gab. Wenn ihre Führer sich nicht einig waren, wie sollten die normalen Leute dann wissen, was sie glauben sollten? Also rief er im Jahre 325 eine große Versammlung im damaligen Nizäa ein. Diese Stadt lag unweit von Konstantinopel, dem heutigen türkischen Istanbul, das der Kaiser zur Hauptstadt über das Oströmische Reich gemacht und nach sich selbst benannt hatte. Konstantin übernahm selbst den Vorsitz bei diesem «Ersten ökumenischen Konzil von Nizäa» und erreichte einen fast einstimmigen Beschluß, in dem das «Nizäanische Glaubensbekenntnis» festgelegt wurde, das alle Christen akzeptieren mußten. Eine der Leistungen des Konzils von Nizäa war eine Regelung für die Festlegung der Osterfeiertage. Ostern war aus zwei Gründen ein Frühlingsfest. Zum einen findet das jüdische Passahfest in dem Monat statt, in dem die Frühlingstagundnachtgleiche liegt, und das letzte Abendmahl, das am Abend vor der Kreuzigung Jesu stattfand, gehört eigentlich zum Passahfest. Zum anderen hat sich in der allgemeinen Auffassung die Idee der Auferstehung untrennbar mit dem Frühling verbunden, der Zeit, in der die Pflanzen erneut zum Leben erwachen. Damit Ostern auch weiterhin im Frühjahr stattfand, beschloß das Konzil von Nizäa folgende Regelungen: Erstens wurde der 21. März nach dem Julianischen Kalender zum Tag der Frühlingstagundnachtgleiche erklärt; und zweitens sollte Ostern am ersten Sonntag nach dem ersten Vollmond stattfinden, der auf oder nach dem Frühlingsäquinoktium liegt.

Diese Regelung hat den Vorteil, daß sie das Osterdatum eindeutig festlegt und einfach zu verstehen ist. Allerdings weist sie auch mehrere Fehler auf. Ihr größter Mangel ist, daß allein die Festlegung des Frühlingsäquinoktiums auf den 21. März nicht dazu führt, daß das Äquinoktium auch tatsächlich auf diesen Tag fällt. Zwischen zwei Frühlingstagundnachtgleichen liegt genau ein Sonnenjahr. Da das Kalenderjahr nach dem Julianischen Kalender in drei von vier Jahren 365 Tage, im vierten, dem Schaltjahr, aber 366 Tage hat, kann das wirkliche Äquinoktium nicht jedes Jahr auf den 21. März fallen. Das fiele aber kaum ins Gewicht, wenn der wirkliche Termin zum Beispiel zwischen dem 19. und dem 21. März schwanken würde, denn dann wäre Ostern nach dem Konzil von Nizäa trotzdem ein Frühjahrsfest. Weit schwerer wiegt die Tatsache, daß sich dadurch die Frühjahrstagundnachtgleiche allmählich nach vorne verschiebt. Die Abweichung von 11 Minuten und 14 Sekunden zwischen dem Julianischen Kalenderjahr und dem Sonnenjahr wird im Verlauf der Jahre immer größer. Nach 128 Jahren beläuft sie sich auf einen ganzen Tag. Im Jahre 1581, 1256 Jahre nach dem Konzil von Nizäa, betrug sie bereits zehn Tage. Zu diesem Zeitpunkt fand die wirkliche Tagundnachtgleiche im Frühjahr also schon um den 11. März herum statt. Berechnete man nun den Ostertag aufgrund der Annahme, daß die Tagundnachtgleiche auf den 21. März fällt, so würde er um zehn Tage in Richtung Sommer aufgeschoben. Um das Jahr 10000 herum müßte man Ostern dann bereits in der Zeit der Sommersonnenwende feiern.

Auf diesen Fehler hatte Meister Vittorio seine Klasse bereits hingewiesen. Seiner Auffassung nach konnte jedoch niemand etwas daran ändern, weil die Astronomen, die etwas davon verstanden, nicht die nötige Macht für eine Kalenderreform hatten. Dieses eine Mal hatte Meister Vittorio unrecht, denn es gab doch jemanden, der das Problem verstand – er war zwar kein Astronom, besaß aber die nötige Macht.

Es handelte sich um den Bischof von Rom, den Papst (nach dem lateinischen Wort *papa* für «Vater»). Er war in Bologna geboren und hieß eigentlich Ugo Buoncompagni. Als Papst regierte er von 1572 bis 1585 unter dem Namen Gregor XIII. Im späten Mittelalter war der Bischof von Rom im westlichen Europa bereits als Oberhaupt der katholischen Kirche anerkannt. Er hatte die Befugnis, andere kirchliche Würdenträger zu ernennen und über die Glaubensinhalte und -praktiken der Kirchenmitglieder zu bestimmen. Das Wort «katholisch»stammt aus dem Griechischen und heißt «universell» – dieser Name traf jedoch nicht ganz zu, denn die Christen in Asien und Osteuropa erkannten statt der Autorität des Papstes eher die Autorität verschiedener Patriarchen an, insbesondere des die Patriarchen von Konstantinopel. Zudem verbreitete sich von 1517 an in einem großen Teil des nördlichen Europas die Reformation, und die verschiedenen protestantischen Kirchen waren sich in der Ablehnung der Führungsposition des Papstes einig.

Und doch hatte der Papst ungeheure Macht – er regierte wie schon zuvor in Spanien, Portugal, Frankreich, Italien, Österreich, Ungarn und einem großen Teil Deutschlands sowie in den riesigen Kolonien Nord- und Südamerikas. Er war nicht nur das Oberhaupt der katholischen Kirche, sondern herrschte bis zur Mitte des 19. Jahrhunderts über ein ausgedehntes Gebiet in Italien, das sich weit über die Grenzen der Stadt Rom hinaus erstreckte. Dort trieb er Steuern ein, hatte eine Polizeitruppe, baute Straßen und andere öffentliche Bauten und unterhielt eine Armee. Die Stadt Bologna, wo Tibaldo wohnte, gehörte zum Beispiel ebenfalls zum päpstlichen Hoheitsgebiet, obwohl sie über dreihundert Kilometer von Rom entfernt war.

Papst Gregor wußte um die Mängel des Julianischen Kalenders und hatte zudem erkannte, daß ein Erlaß zur Kalenderreform ein hervorragendes Mittel war, seiner päpstlichen Autorität Ausdruck zu verleihen. Und er hoffte, sich dadurch die Unterstützung der Bevölkerung zu sichern, die ihm bei seinem Feldzug gegen den Protestantismus gute Dienste leisten würde. Daher setzte Papst Gregor 1577 eine Kommission ein, zu der auch der große deutsche Mathematiker und Astronom Christopher Clavius gehörte, um einen besseren Kalender zu entwickeln.

Das Loch im Kalender

Die große Herausforderung für die Kommission bestand darin, daß der Kalender trotz größtmöglicher Genauigkeit nicht so kompliziert sein durfte, daß nur Mathematiker ihn benutzen konnten. So ist zum Beispiel Cäsars Kalender, bei dem alle vier Jahre ein zusätzlicher Tag an den Februar angehängt wird, zwar wunderbar einfach, aber ungenau. Manch ein Astronom empfahl so exakte Regeln, daß die aufgelaufene Abweichung nach einer Million Jahren höchstens einen Tag betrug. Nur würde mit ihrer Hilfe kein Dorfpriester die notwendigen Berechnungen durchführen können, die zur Bestimmung des Ostertages notwendig waren. Ein Kritiker dieser komplizierten Lösungen bemerkte: «Ostern ist doch ein Feiertag und kein Planet!»

Schließlich einigte sich die Kommission auf folgende Bestimmungen: Die nicht durch 4 teilbaren Jahre haben 365 Tage. Ist eine Jahreszahl durch 4, nicht aber durch 100 teilbar, so wird das Jahr durch einen zusätzlichen Tag Ende Februar zu einem Schaltjahr von 366 Tagen. Läßt sich die Zahl zwar durch 100, nicht aber durch 400 dividieren, hat das Jahr nur 365 Tage. Und schließlich sollten jene Jahre, die sich durch 400 teilen ließen, Schaltjahre sein. So wären zum Beispiel 1584, 1588, 1592, 1604 et cetera Schaltjahre, aber 1700, 1800 und 1900 nicht. 1600 und 2000 wären dann wiederum Schaltjahre. Diese Regeln stellten einen guten Kompromiß zwischen Einfachheit und Genauigkeit dar. Sie sind zwar komplizierter als die des Julianischen Kalenders, aber doch für die meisten Menschen nicht zu schwierig zu handhaben. Was die Genauigkeit angeht, so würden sie nach 10 000 Jahren eine Abweichung von 2 Tagen, 14 Stunden und 24 Minuten zur Folge haben. Daraus wird nach 40 000 Jahren eine Abweichung von 10,4 Tagen, was in etwa der Zeitspanne entsprach, die Gregor XIII. ausgleichen wollte. Vielleicht würde Papst Gregor CXIII. eine neue Kommission einberufen, um den Kalender noch einmal umzustellen. Aber das konnte man getrost auf sich zukommen lassen.

Nun hatte die Kommission aber noch ein weiteres Problem. Was sollte mit der seit dem Jahr 325 aufgelaufenen Abweichung des Julianischen Kalenders geschehen, aufgrund derer die natürliche Frühjahrstagundnachtgleiche auf den 11. statt auf den 21. März fiel, wie es beim Konzil von Nizäa angeordnet worden war? Offenbar mußte man einige Tage einfach auslassen. Aber welche? Und welche Folgen wären zu bedenken? Noch bevor die Kommission Papst Gregor ihren Bericht überreicht hatte, gab es Gerüchte, daß im Jahr 1582 mehrere Tage aus dem Kalender gestrichen werden sollten.

Wenn sich eine Gruppe trifft, die über Sachverhalte von öffentlichem Interesse zu entscheiden hat, ist es ja fast unvermeidlich, daß Informationen über den Inhalt der Beratung durchsickern. Aus kleinen Andeutungen entwickeln sich dann häufig schwerwiegende Gerüchte. Manche Leute sagten, daß die Mieten für einen ganzen Monat gezahlt werden müßten, obwohl der Monat, aus dem die Tage gestrichen wurden, nur zwanzig Tage haben würde. Oder es hieß, Kredite müßten zehn Tage früher als nach dem Julianischen Kalender zurückgezahlt werden. Die Ernte würde verlorengehen, sagten manche, weil die Samen nicht wissen würden, wann sie aufgehen sollten. Und schließlich hieß es, die Vögel würden nicht wissen, an welchem Tag sie in den Süden aufbrechen sollten.

Am 7. Januar 1582 gab es in Bologna eine Sonnenfinsternis. Meister Vittorio hatte seinen Schülern frühzeitig davon erzählt und sie ermahnt, die Sonne nicht direkt anzusehen, sondern nur ihre Reflexion indirekt auf einem Blatt Papier zu betrachten. Es war nämlich keine totale Finsternis, bei der die Sonne ein paar Minuten lang vollständig durch den Mond verdeckt wird und die wunderbar leuchtende Korona, der äußere Rand der Sonne, sichtbar ist. Vielmehr verdeckte der Mond zunächst einen kleinen Teil der Sonne, dann immer mehr, bis etwa neun Zehntel ihrer Fläche verborgen waren. Schließlich zog der Mond weiter, und die Sonne kam allmählich wieder zum Vorschein. Der gesamte Vorgang dauerte etwa zweieinhalb Stunden. An dem Punkt, an dem der größte Teil der Sonne verdeckt war, wirkte der Himmel seltsam düster. Die Nachricht von der Sonnenfinsternis verbreitete sich rasch in der ganzen Stadt, und je dunkler die Sonne wurde, um so größer wurde die Angst der Leute. Manche flüchteten sich in ihre Häuser und verbarrikadierten Fenster und Türen. Andere gingen in die Kirche und beteten. Straßen und Geschäfte waren zum größten Teil verlassen. Als alles vorbei war, erstattete der Polizeichef, Hauptkommissar Arcangelo, dem Gouverneur von Bologna, Signor Antonio Domitiani, Bericht – wie es nach einer Krise in der Stadt üblich war. Und der Gouverneur stellte seine üblichen Fragen.

«Irgendwelche Plünderungen?»

«Nein, Eure Exzellenz.»

«Irgendwelche Brände?»

«Nein, Eure Exzellenz.»

«Irgendwelche verdächtigen Personen?»

«Nur die üblichen, Eure Exzellenz.»

«Und was haben die Leute gemacht?»

«Aufgehört zu arbeiten, Eure Exzellenz. Viele haben gebetet.»

«Na, das schadet ja nichts.»

Und so waren sich die beiden erfahrenen Männer einig, daß es nur eine leichte Krise gewesen war – kein Vergleich mit der totalen Sonnenfinsternis von 1572.

Hauptkommissar Arcangelo und Signor Domitiani hatten sich jedoch zu früh gefreut. Am nächsten Tag meldete sich der Kommissar unerwartet und höchst aufgeregt beim Gouverneur.

«Eure Exzellenz, Il Torrentino ist über uns gekommen.»

Man könnte annehmen, der Polizeichef hätte auf die Schäden durch einen im Winter über die Ufer getretenen Fluß angespielt, denn *torrentino* ist das italienische Wort für «kleiner Strom». Tatsächlich meinte er jedoch den Einsiedler Fra Zaccaria, der meist allein in einer verlassenen Grabhöhle auf dem alten etruskischen Friedhof von Felsina westlich von Bologna hauste. Von Zeit zu Zeit kam er in heller Aufregung in die Stadt und sammelte eine Menschenmenge um sich. Dann predigte er zu ihnen von irgend-

einem Bösen, das ihn beunruhigte. Der Einsiedler war wie ein Flüßchen, das fast das ganze Jahr über ausgetrocknet war, während der Regenzeit aber die Stadt überschwemmte und manchmal schweren Schaden anrichtete. Einige Arme in Bologna hielten ihn für einen Heiligen und lauschten gebannt seinen Predigten, während viele andere seinen heiligen Status bezweifelten, sich aber trotzdem vor seinen Verwünschungen und seinem *malocchio* (dem «bösen Auge») fürchteten. Der Gouverneur fragte:

«Was sagt Il Torrentino denn?»

«Er macht ein Geschrei über die Sonnenfinsternis.»

«Das kann eigentlich keine Probleme geben», sagte der Gouverneur, «die Sonnenfinsternis ist ja vorbei, und niemand ist zu Schaden gekommen.»

«Er sagt aber, sie hätte zwar niemandem weh getan, sei aber ein Zeichen dafür, daß schreckliche Dinge geschehen werden.»

«Was für Dinge?»

«Er meint, wenn der Kalender umgestellt wird, wie die Leute sagen, wird der Himmel in zwei Stücke gerissen und die Sonne für immer verschluckt. Die Sonnenfinsternis sei eine Warnung, daß man den alten Kalender unangetastet lassen sollte.»

Der Gouverneur fragte, warum Il Torrentino denn meinte, daß der Himmel zu Schaden käme, wenn man einfach nur den Tagen andere Daten zuordnete.

Darauf erwiderte der Hauptkommissar: «Er sagt, wenn man zehn Tage aus dem Kalender streicht, würden diese zehn Tage zerstört, obwohl sie keine Sünden begangen hätten.»

«Und was sagen die Leute dazu?»

«Sie sagen, daß zehn unschuldige Tage zerstört werden.»

«Und warum kümmert sie das?»

«Il Torrentino hat ihnen erzählt, sie würden zehn Tage ihres Lebens verlieren.»

«Was meinen sie dazu?»

«Sie rufen: ‹Gebt uns die zehn Tage unseres Lebens zurück.›»

Da fragte der Gouverneur, ob Il Torrentino irgendwelche Drohungen gegen Papst Gregor ausgesprochen habe, weil er die Reformkommission einberufen hatte.

«Il Torrentino sagt, Papst Gregor ist ein unschuldiger, einfacher Papst, der nur schlecht beraten worden ist, vor allem von dem deutschen Mathematiker Christopher Clavius. Er bezeichnet Clavius als Diener des Teufels, weil er mit Zahlen und Pentagrammen Schwarze Magie betreibt, denn sein Name lautet rückwärts ‹Suivalc›. Das ist einer der 666 geheimen Namen des Satans.»

«Und was sagen die Leute?»

«Sie sagen: ‹Zerstört Suivalc und seine teuflischen Schriften!› Sie haben vor, alle mathematischen und ökonomischen Schriften in der Universitätsbuchhandlung zu verbrennen.»

Signor Domitiani meinte: «Il Torrentino und seine Anhänger können soviel Lärm machen, wie sie wollen, aber sie sollen kein Eigentum zerstören. Befehlt Euren Männern, die Menge auseinanderzutreiben. Und ladet Il Torrentino höflich zu mir ein. Ich werde ihm Gelegenheit geben, mich zu überzeugen.» Und mit einer gewissen Selbstzufriedenheit fügte er hinzu: «Ein Gouverneur, der mit Leuten wie Il Torrentino nicht fertig wird, verdient seinen Titel nicht.»

Signor Domitiani bereitete sich auf den Besuch des Einsiedlers vor, indem er in seinem Amtszimmer einen Altar errichten ließ. Um ihn herum wurden Statuen der römischen Gottheiten Jupiter, Mars, Venus und Merkur sowie eine Büste von

Julius Cäsar gestellt. Auf dem Altar lag eine Tafel mit dem Julianischen Kalender für 1582.

Als Il Torrentino hereinkam, hieß Gouverneur Domitiani ihn sehr respektvoll willkommen. Dann sagte er: «Fra Zaccaria, ich habe nur selten die Ehre, einen so gelehrten und heiligen Mann wie Euch in meinen bescheidenen Räumen zu empfangen. Bevor wir jedoch zum Geschäftlichen kommen – würdet Ihr für mich und die Stadt Bologna ein Gebet sprechen?» Damit führte er den Einsiedler vor den improvisierten Altar. Unter gewöhnlichen Umständen war Il Torrentino nicht gerade auf den Mund gefallen, aber der heidnische Altar, den man für ihn vorbereitet hatte, verschlug ihm die Sprache. Schließlich brachte er hervor: «Das sind ja greuliche Dinge – Götzenbilder und falsche Gottheiten. Für diesen teuflischen Altar werdet Ihr auf ewig verdammt sein. Und ich würde lieber auf dem Scheiterhaufen verbrennen, als an diesem schändlichen Ort zu beten.»

Der Gouverneur ließ sich freilich von Il Torrentinos Verwünschungen nicht so leicht einschüchtern wie die Bologneser Bettler. Er entgegnete ruhig: «Aber Ehrwürdiger Vater, auf dem Altar seht Ihr eine Tafel mit dem Julianischen Kalender. Gerade noch habt Ihr vor dem Palazzo Communale gepredigt, dieser Kalender sei heilig. Und dort steht eine Büste des gepriesenen Julius Cäsar, der den heiligen Julianischen Kalender erlassen hat. Dieser Altar sollte doch für Eure Gebete wie geschaffen sein.»

Jetzt hatte es Fra Zaccaria wirklich die Sprache verschlagen. Signor Domitiani nutzte sein ungewohntes Schweigen, um seinem Gast einen Vortrag über die Ungenauigkeit des Julianischen Kalenders und die Verschiebung des für das Frühlingsäquinoktium bestimmten Tages zu halten. Er wies ihn darauf hin, daß sich Ostern mehr und mehr an die Sommersonnenwende annä-

here, obwohl es der Religion zufolge doch ein Frühlingsfest sein sollte, und schloß mit den Worten: «Der neue Kalender, den unser Heiliger Vater Papst Gregor demnächst ausrufen wird, ist ein wahrhaft christlicher Kalender, während der alte von Julius Cäsar in Wirklichkeit ein Relikt des Heidentums ist.»

Fra Zaccaria war zwar ein aufbrausender Mann, aber nicht so verrückt, wie manche glaubten. Er erkannte durchaus die Stärken von Signor Domitianis Argumentation. Außerdem war er sich dessen bewußt, daß dieser Mann auch weniger höfliche und freundliche Mittel gegen seine Widersacher hatte als die, die er heute gegen ihn ins Feld geführt hatte. Kurz gesagt, er war am Morgen als Il Torrentino in die Stadt gekommen und verließ sie am Nachmittag als stiller Fra Zaccaria, den man zum Gregorianischen Kalender bekehrt hatte.

Als er gegangen war, meinte Signor Domitiani zu seinen Assistenten: «Im nächsten oder übernächsten Jahr wird er wahrscheinlich wieder nach Bologna kommen. Vielleicht predigt er

dann gegen die diebischen Tricks der Kaufleute aus Florenz, dem Babylon am Arno, oder gegen die Händler aus Verona, dem Sodom der Adria. Il Torrentino kann manchmal auch ganz nützlich sein.»

Im Januar 1582 kannte Tibaldo bereits die Gerüchte, daß der Kalender vielleicht umgestellt werden sollte. Schon vor längerer Zeit hatte er durch Meister Vittorio von den Mängeln des Julianischen Kalenders erfahren. Erst kürzlich hatte der Lehrer zugegeben, daß seine Voraussage, kein Mächtiger werde sich um diese Mängel kümmern, sich als falsch erwiesen hatte. Tibaldo kümmerte die bevorstehende Umstellung nicht im geringsten. Er begriff, daß sie die natürliche Ordnung nicht beeinflussen würde. Schließlich waren Kalender ja nur Hilfsmittel, die sich der Mensch ausdachte, um sich mit den Tagen nicht zu vertun. Mit seinen elf Jahren war Tibaldo schon ein wenig eingebildet, und er betrachtete Il Torrentino und seine Anhänger ein wenig von oben herab als Ignoranten. Gab es etwas Dümmeres, dachte er, als anzunehmen, die Natur selbst hätte den Tagen bestimmte Zahlen zugeordnet und der Himmel würde Schaden nehmen, wenn man zehn Tage im Kalender übersprang? Über solche albernen Ansichten konnte er nur lachen.

Am 24. Februar 1582 rief Papst Gregor XIII. den neuen Kalender aus. Er setzte die von der Kommission empfohlenen Regeln für die Berechnung der Schaltjahre fest und akzeptierte den Vorschlag, zehn Tage auszulassen, um die aufgelaufene Abweichung des Julianischen Kalenders auszugleichen. Zu diesem Zweck ordnete er an, daß der Tag nach dem 4. Oktober 1582 fortan der 15. Oktober sein sollte und daß die Tage vom 5. bis zum 14. Oktober in diesem Jahr nicht vorkommen sollten. Dadurch würde die Frühjahrstagundnachtgleiche 1583 auf den 21. März fallen und danach dreitausend Jahre lang nie mehr als zwei Tage später stattfinden. Der Papst hatte die ersten beiden Oktoberwochen als entbehrlich bestimmt, weil es in diesem Zeitraum keine wichtigen kirchlichen Feiertage gab.

Der Vatikanspalast in Rom schickte Boten mit der Bulle aus, und ein paar Tage später erreichte sie Bologna. Tibaldo und seine Klassenkameraden erfuhren davon durch einen merkwürdigen Zufall. Der Lehrer, der die lateinisch-italienischen Übersetzungen beaufsichtigte, überraschte seine Schüler gerne mit Texten, die sie sich nicht im voraus anschauen konnten. Was lag also näher, als ihnen eine lateinische Schrift zu geben, die gerade erst verfaßt worden und daher so aktuell wie heute unsere Tageszeitung war? Als er also auf dem Heimweg von der Schule Heiligen-Joseph-im-Winkel einen Boten sah, der die päpstliche Bulle vor dem Palazzo Communale anschlug, schrieb er sie ab, um sie am nächsten Morgen in der Klasse zu verwenden.

Die Übersetzungsübung begann mit den großartigen ersten Worten von Papst Gregor: «*Inter gravissimas pastoralis officii nostri curas* ...» («Zu den höchsten seelsorgerischen Pflichten unseres Amtes gehört es, ...») Im weiteren wurden der fehlerhafte Julianische Kalender dargestellt und die neuen Regeln beschrieben.

Wie jeden Tag schrieben zwei Dutzend Schüler die italienische Übersetzung auf ihre Schiefertafeln – auch Tibaldo. Nach vier Jahren an Meister Domenicos Schule übersetzte er ganz automatisch. Kaum war die eine Sprache an sein Ohr gedrungen, floß die andere auch schon durch die Finger wieder hinaus – er dachte fast gar nicht mehr darüber nach. Nach einer halben Stunde war das Diktat beendet. Der Lehrer ging durch die Reihen und überprüfte die Übersetzungen, während vierundzwanzig kleine Jungen sich die Krämpfe aus den Fingern massierten, weil sie zu schnell geschrieben hatten.

Während Tibaldo auf den Lehrer wartete, las er das Geschriebene noch einmal durch. Das meiste davon überraschte ihn nicht. Er hatte von Meister Vittorio von den Mängeln des alten Kalenders erfahren und die Gerüchte über die Empfehlungen der Kommission gehört. Eine von Meister Domenicos liebsten Rhetoriküungen betraf die Frage, ob ein neuer Kalender wünschenswert sei, und Tibaldo hatte sich klug und überzeugend dafür ausgesprochen.

Eines hatte er allerdings noch nicht gewußt: Alle Tage vom 5. bis zum 15. Oktober 1582 sollten übersprungen werden. Der Kalender würde ein Loch bekommen! Und das Wichtigste, das durch dieses Loch fallen würde, war der 10. Oktober, Tibaldos Geburtstag!

Im letzten Jahr, 1581, hatte er bereits seinen elften Geburtstag gefeiert, und 1583 würde er dreizehn Jahre alt werden. Aber sein zwölfter Geburtstag sollte ganz und gar wegfallen! Das Loch im Kalender bedeutete, daß auch sein Leben ein Loch bekommen würde!

Ohne nachzudenken, rief Tibaldo laut aus: «Ich verliere meinen Geburtstag!» Der Lehrer fuhr herum und fragte: «Bondi, was hast du gesagt?» Es war streng verboten, in der Klasse zu reden, wenn man nicht gefragt wurde. Und bei der Korrektur der Übersetzungen mußten die Schüler sich besonders still verhalten. Tibaldo kam wieder zu sich und entschuldigte sich, ohne zu erklären, warum er dazwischengeredet hatte. Er wußte, sein Lehrer war so schwer von Begriff und so verstaubt, daß er für eine ehrliche Erklärung kein Verständnis haben würde. Der Lehrer akzeptierte seine Entschuldigung nicht. Er forderte ihn auf, die Hände auszustrecken, und schlug ihn mit der Birkenrute, die er stets bei sich trug. Tibaldo unterdrückte seine Tränen und schwieg. Aber er ärgerte sich über die Strafe. Seine Wut vermischte sich mit der Trauer über den verlorenen Geburtstag. Jeder Schmerz ließ ihn den anderen nur um so stärker fühlen.

Der Kampf beginnt

Von Montag bis Samstag wohnte Tibaldo in der Schule Heiligen-Joseph-im-Winkel, aber am Sonntagmittag durfte er nach Hause gehen und bis Montag früh dort bleiben. Und so erzählte er seinen Eltern am Sonntag, nachdem er die päpstliche Bulle übersetzt hatte, von seinem Unglück.

Da sagte sein Vater Lorenzo Bondi zu ihm: «Es ist an der Zeit, erwachsen zu werden und so kindische Dinge wie Geburtstage zu vergessen. Man hat dir eine gute Bildung ermöglicht, und du kannst Arzt werden, obwohl dein Vater ein armer Mann ist. Denk also lieber an die Schule und deine Zukunft, und laß dich nicht von solchem Kinderkram ablenken.» Darauf konnte Tibaldo nicht antworten, denn er hatte großen Respekt vor Lorenzo und wußte, daß er recht hatte – zumindest teilweise. Der Junge schämte sich ein wenig für seine kindlichen Gefühle. Aber trotzdem fand er, es könnte doch nicht falsch sein, als Elfjähriger solche Gefühle zu haben, egal was einmal aus ihm werden würde. Aber auch seine gründliche Schulung in Rhetorik befähigte ihn nicht, seinem Vater diese komplizierten Empfindungen zu erklären.

Tibaldos Mutter, Teresa, versuchte ihn zu trösten. Sie versprach, daß sie am Tag seines Geburtstags nach dem alten Kalender, am 10. Oktober, genauso ein großes Fest feiern würden wie immer, einschließlich der besonderen Leckereien. An diesem Tag würde Tibaldo der König im Hause sein. Er ließ sich aber nicht beschwichtigen: «In diesem Jahr werde ich offiziell überhaupt nicht Geburtstag haben – den alten Kalender und damit auch den 10. Oktober gibt es doch dann gar nicht mehr! Und nach der neuen Zeitrechnung wird zwischen dem 4. und dem 15. Oktober eine Lücke sein. Wenn wir trotzdem ein Geburtstagsessen für mich veranstalten, ist das eine Fälschung.» In seinem tiefsten Innern wußte Tibaldo, daß es kindisch und launisch war, so mit seiner Mutter zu diskutieren. Schließlich hatte er von Meister Vittorio gelernt, daß der Verlauf des Sonnenjahres mit den Zahlen, die man seinen Tagen zuordnet, nicht das geringste zu tun hat. Der Ablauf des Jahres bedeutete doch nur, daß die Sonne in diesem Zeitraum einmal um die Eklipse wandert. Danach war er ein Jahr älter, egal nach welchem Kalender man sich richtete. Tibaldo verhielt sich also genauso wie die unwissenden Anhänger Il Torrentinos mit ihrem Aberglauben, daß die Natur den Tagen feste Zahlen zuweist. Er schämte sich ein wenig vor sich selbst, weil er sich so aufführte, als hätte er nie Astronomie studiert – aber er lernte auch etwas Wichtiges dazu: Er unterschied sich gar nicht so sehr von den ungebildeten Menschen, wie er immer geglaubt hatte.

Da er mit der Reaktion seiner Eltern nicht zufrieden war, wollte Tibaldo einen Lehrer fragen, den er bewunderte und dem er vertraute. Zwei kamen in Frage: Meister Demetrios und Meister Vittorio. Er wußte, daß es hoffnungslos war, Meister Vittorio zu fragen. Der würde nur antworten, Tibaldo solle die Natur studieren und sich nicht zu ungebildetem Aberglauben verleiten lassen. Deshalb beschloß er, sich an Meister Demetrios zu wenden, der seinem Tick verständnisvoll begegnen und vielleicht sogar ein paar nützliche Ratschläge für ihn haben würde. Leider nahm Meister Demetrios die Angelegenheit nicht besonders ernst. Als er verstanden hatte, worum sich der Junge sorgte, fing er sogar an zu lachen und hielt ihm einen kleinen Vortrag, wie es eben so seine Art war: «Bondi, ist es denn so schlimm, einen Geburtstag zu verlieren? Sollte dich eine solche Banalität überhaupt kümmern? Habe ich dir nicht gesagt, du sollst nach großen Taten streben und dich nicht von den kleinen Ärgernissen des Alltags ablenken lassen?»

Ein Teil von Tibaldo stimmte Meister Demetrios zu, aber ein anderer Teil von ihm fand immer noch, daß ein Geburtstag zu wertvoll ist, um seinen Verlust einfach so hinzunehmen. Außerdem hatte Meister Demetrios ihn zwar ausgelacht, aber nicht verhöhnt: Es war das gutmütige Lachen eines Mannes, der die Sorgen eines kleinen Jungen noch verstand. Deshalb fand Tibaldo den Mut zu antworten: «Ja, Meister, mein Geburtstag ist nichts Großes. Aber ich bin für große Taten noch zu klein. Vielleicht werde ich als Erwachsener an einem Feldzug teilnehmen, um

Konstantinopel zurückzuerobern, vielleicht finde ich auch ein Heilmittel gegen die Pest. Aber jetzt bin ich noch klein, und deshalb kann ich auch nur kleine Dinge tun. Wenn ich die kleinen Dinge gut mache, übe ich doch für die großen Taten, die ich später vollbringen werde. Und jetzt möchte ich mir eben meinen Geburtstag zurückholen!» Seine vierjährige Übung in Rhetorik zahlte sich bereits aus.

Meister Demetrios lachte noch einmal herzlich und sagte: «Deinen Geburtstag kann ich dir nicht geben, Tibaldo – er gehört mir ja gar nicht. Überhaupt besitze ich nicht besonders viel. In meinem Schrank findest du nur ein paar alte Kleidungsstücke, eine griechische Grammatik, Homers *Odyssee* und einen Stadtplan von Konstantinopel, den mein Urgroßvater bei seiner Flucht vor den Türken nach Italien gerettet hat. Ich kann dir nur etwas geben, wovon ich als armer Lehrer sehr viel habe – einen guten Rat. Ich rate dir, einen mächtigen Mann in Bologna aufzusuchen und ihm dein Anliegen vorzutragen. Eigentlich gibt es hier nur einen mächtigen Mann – Signor Antonio Domitiani. Du kannst ihn nicht selbst besuchen, denn er wird dich nicht empfangen. Wenn du aber jemanden kennst, der ihn kennt, oder jemanden, der jemanden kennt, der ihn kennt, dann gelingt es dir vielleicht, diesem mächtigen Herrn dein Problem vorzutragen.»

Nun war Signor Domitiani weder ein König noch ein Prinz, und er war auch kein Herzog. Wie wir zuvor gesehen haben, als er sich mit Il Torrentino auseinandersetzte, regierte er als Gouverneur im Namen von Papst Gregor XIII. Bologna war nämlich nicht wie Florenz, Venedig oder Mailand eine unabhängige Stadt, sondern gehörte zu dem Teil Italiens, der auch als «Kirchenstaat» bezeichnet wurde. Wie schon gesagt, regierte der Papst auf zwei ganz unterschiedliche Weisen. Zunächst einmal war er das Oberhaupt der katholischen Kirche. Außerdem kontrollierte er aber auch – genauso wie ein Fürst – die militärischen, wirtschaftlichen und politischen Angelegenheiten von rund einem Zehntel Italiens. Er hatte jedoch mit all diesen Pflichten so viel zu tun, daß er für die einzelnen Städte und Bezirke des Kirchenstaats Gouverneure benötigte. Signor Domitiani war der zuverlässige Gouverneur von Bologna und dessen Umland. Er traf fast alle Entscheidungen, die die Stadt angingen, und der Papst schloß sich seinem Urteil fast immer an. Deshalb riet Meister Demetrios dem kleinen Tibaldo, sich mit seinem Anliegen an diesen Mann zu wenden.

Tibaldo war erst elf Jahre alt und sein Vater ein armer Mann ohne Einfluß – man könnte also meinen, daß Meister Demetrios' Hinweis ihm gar nichts nützte. War nicht Signor Antonio Domitiani von Tibaldo Bondi ebenso weit entfernt wie der Saturn von der Erde? Nein, der Ratschlag war keineswegs nutzlos, die Situation keineswegs hoffnungslos. Tibaldo wußte, daß Professor Turisanus – der berühmte Mann, der für seine Schulkosten aufkam und ihn in gewisser Weise adoptiert hatte – Leibarzt von Signor Domitiani war. Einmal in der Woche untersuchte er ihn, und wenn der Gouverneur krank war noch häufiger.

Also beschloß Tibaldo, Professor Turisanus zu bitten, ihn bei seiner nächsten Visite mitzunehmen. Er wollte ihm schmeicheln, indem er ihm sagte, man könne nur dann Arzt werden, wenn man einem großen Mediziner bei der Arbeit zusah. Tibaldo wußte, daß sein Plan Erfolg versprach, aber in einer Hinsicht mußte er es vorsichtig angehen lassen. Sein Vater sorgte sich ständig, Professor Turisanus könnte sich über seinen Sohn ärgern und daraufhin das Schulgeld nicht mehr zahlen. Deshalb hatte er Tibaldo verboten, den Professor mit weiteren Bitten zu belästigen. Es war eine schwere Entscheidung. Normalerweise war Tibaldo ein folgsamer Sohn, aber dies war eine Ausnahme. Die Sorge um seinen bedrohten Geburtstag hatte sich bei ihm zu einem richtigen Tick entwickelt. Dieses eine Mal in seinem Leben war er ungehorsam. Er schrieb Professor Turisanus einen schmeichelhaften Brief, in dem er seinen Geburtstag und das Loch im Kalender natürlich nicht erwähnte. Er gab vor, er wolle einfach einmal einem großen Arzt bei der Arbeit zusehen. Wir können nicht leugnen, daß der Junge dieses eine Mal nicht gerade einen starken Charakter bewies, aber wir müssen die Geschichte so erzählen, wie sie sich zugetragen hat.

Professor Turisanus hatte Tibaldo so gern und war für Schmeicheleien so empfänglich, daß er einverstanden war, ihn bei der nächsten Gelegenheit zu Signor Domitiani mitzunehmen. Er schickte einen Diener mit einer Nachricht zu Meister Domenico, in der er darum bat, den Jungen vom Nachmittagsunterricht freizustellen. Meister Domenico, einflußreichen Männern gegenüber stets äußerst respektvoll, erlaubte dem Diener, Tibaldo mitzunehmen. So fuhren der Professor und der Junge in einer Kutsche zum Palast des Gouverneurs. Dort wurden sie von einer Reihe von Wachen mit Lanzen gegrüßt, dann von einer Reihe von Wachen mit Säbeln, danach von einer Reihe von Sekretären und Schreibern, und schließlich von einer Reihe von Gehilfen und Bediensteten. Man führte sie durch eine Reihe von bewachten Toren und polierten Türen.

Der wuchtige, glänzende Schreibtisch des Gouverneurs stand in einem riesigen Raum mit hohen Spitzbogenfenstern, Balken an der Decke, Wandteppichen an den Wänden und Gemälden von Generälen und Kardinälen in den Ecken. Der mächtige Mann saß jedoch nicht wie üblich an seinem Tisch, sondern warf sich in schrecklichen Magenkrämpfen auf einer Couch hin und her. Professor Turisanus begann sofort mit der Untersuchung. Er fühlte den Puls des Gouverneurs, prüfte seine Pupillen, klopfte ihm auf die Brust und befahl dann einem Diener, ihm eine große Messingschale zu bringen. Aus seiner Arzttasche holte er ein seltsames grünes Fläschchen, goß einige Tropfen daraus in eine Tasse und mischte sie mit einer roten Flüssigkeit aus einem anderen Fläschchen. Dies war ein selbst erfundenes Brechmittel, mit dem er seinen Patienten den Magen leerte. Er bat den Gouverneur, die Tasse auszutrinken, und bereits zwei Minuten später zeigte die Arznei ihre Wirkung. Schon bald war der Magen des Gouverneurs geleert und die Messingschüssel gefüllt.

Für Tibaldo war das eine höchst interessante medizinische Lektion. Der Diener brachte die Schüssel hinaus, aber Professor Turisanus blieb bei seinem Patienten, um dessen Genesung zu überwachen, und Tibaldo blieb bei ihm.

Signor Domitiani war zwar sehr erleichtert, aber erschöpft von der ungewohnten Anstrengung. Nach und nach kehrten seine Kräfte zurück und mit ihnen seine gute Laune, weil die Magenschmerzen verschwunden waren. Er wurde neugierig auf den intelligent aussehenden Jungen, der seiner Behandlung so aufmerksam zugesehen hatte. Er begann ihn zu befragen, und da sah Tibaldo seine Chance. Geschickt lenkte er das Gespräch auf das Thema Lateinübersetzung und erwähnte zum Schluß, so als wäre es ihm gerade noch eingefallen, die päpstliche Bulle zur Kalenderumstellung. Da seufzte der Gouverneur: «Immer nur Ärger mit diesem Kalender. Alle Stadtbediensteten wollen im Oktober ein ganzes Monatsgehalt ausgezahlt bekommen, obwohl er in diesem Jahr nur einundzwanzig Tage haben wird. Wenn ich ihnen sage, daß sie zwei Drittel ihres Gehalts bekommen, fühlen sie sich betrogen. Ein Monat ist ein Monat, sagen sie, auch wenn er nur einundzwanzig Tage hat. Und außerdem sind meine Gehilfen nicht gut genug in Mathematik, um ein Drittel von den Monatsgehältern abzuziehen. Und jetzt ist auch noch so ein verrückter Einsiedler nach Bologna gekommen und hat die Menge aufgehetzt. Er hat ihnen erzählt, daß der Himmel ihnen auf den Kopf fällt, weil zehn Tage aus dem Kalender gestrichen werden. Nichts als Ärger, nichts als Ärger hat man damit.»

Tibaldo ergriff die Gelegenheit und erzählte rasch, welchen Ärger das Loch im Kalender für ihn bedeute – nämlich daß er seinen zwölften Geburtstag verlieren würde. Der Gouverneur lachte und sagte: «Ja, wir haben alle unsere Probleme, aber meins ist zehntausendmal komplizierter als deins.» Da erwiderte Tibaldo schlagfertig: «Ja, Eure Exzellenz. Doch ich kann nichts gegen mein Problem unternehmen. Ihr könnt es aber, denn Ihr seid sehr mächtig.» Wieder war der Gouverneur amüsiert und antwortete: «Nein, junger Mann. Es gibt Dinge, die ich tun kann, und andere, die ich nicht tun kann. Die Kalenderumstellung wurde von Papst Gregor angeordnet, und ich bin sein Diener. Ich führe nur aus, was er anordnet.»

Tibaldo wollte dem Gouverneur gerade vorschlagen, den Papst umzustimmen, als er bemerkte, daß sich die heitere Miene des mächtigen Herrn verfinsterte wie die Sonne hinter einer Gewitterwolke. Signor Antonio Domitiani bekam einen weiteren Magenkrampf. Es war nämlich eine traurige Tatsache, daß die Wirkung von Professor Turisanus' Arzneien nicht immer lange vorhielt. Der Gouverneur bekam eine weitere Portion und dazu ein Schlafmittel verabreicht, und dann verließen der Professor und der Junge ziemlich schnell das prächtige Zimmer – keiner von ihnen war besonders glücklich über den Ausgang des Besuches.

Professor Turisanus war wütend auf Tibaldo und seine törichte Bitte und gab ihm sogar die Schuld für den erneuten Magenkrampf des Gouverneurs. Das war natürlich lächerlich, denn die Krämpfe hatten mit dem Gespräch nicht das Geringste zu tun. Aber wie viele Männer, deren Arbeit keinen Erfolg hatte, wollte der Professor die Schuld auf jemand anderen abschieben. Tibaldo hatte große Angst. Der alte Doktor war noch nie wütend auf ihn gewesen. Er befürchtete, nun würde er ihm den Unterricht an der Schule Heiligen-Joseph-im-Winkel nicht mehr bezahlen. Das würde seinen Eltern das Herz brechen. Und das alles nur wegen dieses Ticks mit seinem Geburtstag!

Glücklicherweise beruhigte sich der Professor jedoch bald, denn er mochte den Jungen einfach zu gern. Außerdem hatte er schon vier Jahre in seine Ausbildung investiert. Wenn er einen Nachfolger haben wollte, der wie ein Sohn für ihn war, konnte er nicht noch einmal von vorn anfangen. Es mußte entweder Tibaldo sein oder keiner, und deshalb blieb es bei Tibaldo.

Ein Baby und ein Plan werden geboren

Den folgenden Sonntagnachmittag verbrachte Tibaldo wie üblich zu Hause. Natürlich erzählte er nichts von seinem wagemutigen, aber erfolglosen Besuch bei Signor Domitiani. Er versuchte, durch vorgetäuschte Fröhlichkeit von seiner tiefen Trauer und Enttäuschung abzulenken. Aber seine älteste Schwester Anna Maria kannte ihn gut genug, um die Trauer unter seinem gezwungenen Frohsinn zu entdecken. Als sie ihn darauf ansprach, begann er zu weinen. Das war ihm peinlich, denn schließlich war er der Onkel von Anna Marias Kindern, und ein Onkel sollte stark sein. Tibaldo gestand seiner Schwester, daß er immer noch mit dem Verlust seines zwölften Geburtstags hadere.

Anna Maria gehörte nicht zu den Menschen, die viele Gedanken an Tibaldos kindischen Tick mit seinem Geburtstag verschwenden würden – ganz im Gegenteil. Sie hatte ihren kranken Mann gepflegt und schon ein paar Jahre nach ihrer Hochzeit mit seinem Tod fertigwerden müssen. Die Verantwortung für den Lebensunterhalt ihrer Familie mußte sie allein tragen, indem sie das Geld für die Erziehung und Ausbildung der beiden Jungen verdiente (zum Glück paßte ihre Mutter auf die Kleinen auf,

wenn sie zur Arbeit ging). Und ihr Beruf war verantwortungsvoll, anstrengend und voller Risiken. Sie war eine professionelle Hebamme, die den Frauen bei der Geburt beistand. Häufig wurde sie mitten in der Nacht zu einer Frau gerufen, deren Wehen plötzlich begonnen hatten. (Als Wehen bezeichnet man das Zusammenziehen der Muskeln in der Gebärmutter, bevor das Baby herauskommt.) Bei einer langen Geburt mußte Anna Maria manchmal zwanzig Stunden oder länger ununterbrochen aufbleiben. Und während dieser Zeit mußte sie wachsam sein, um auf Notfälle reagieren zu können. Außerdem hatte sie Ruhe zu bewahren, damit sich die werdende Mutter entspannen konnte, denn Verspannungen und Ängste machen eine Geburt viel schwieriger.

Alle Hebammen liefen Gefahr, der Hexerei beschuldigt zu werden. In diesem Zeitalter des Aberglaubens war der Glaube an die Existenz und die Macht von Hexen weit verbreitet. Wurde ein Baby tot geboren oder starb es kurz nach der Geburt, beschuldigte so manche hysterische, abergläubische Mutter die Hebamme, das Kind dem Teufel geopfert zu haben. Das war natürlich eine törichte Anklage, die mit törichten Gründen untermauert wurde. Schon merkwürdige Geräusche im Haus oder ungewöhnliches Verhalten von Katzen oder Vieh dienten als Vorwand. Man kann

sich leicht vorstellen, wie schwer es die Hebamme hatte, ihre Unschuld zu beweisen, wenn sie von Leuten umgeben war, die jedes ungewöhnliche Vorkommnis als Teufelswerk ansahen! Und wenn eine Geburtshelferin einen sehr guten Ruf hatte? Man sollte doch meinen, daß sie dann sicher wäre. Doch nein, es gab Menschen, die sie als «weiße Hexe» anklagten. Diese diente zwar nicht dem Teufel, hatte aber doch übersinnliche Fähigkeiten, mit denen sie ihren Mitmenschen angeblich auf mysteriöse Weise schaden konnte. Kurz: Man konnte eine Hebamme stets der Hexerei bezichtigen, egal ob sie erfolgreich war oder nicht. Man war jedoch auf diese Frauen angewiesen. Sie mußten nicht nur armen Schwangeren bei der Geburt beistehen, sondern auch den Gattinnen der reichen und einflußreichen Bürger, da die Ärzte fanden, diese Aufgabe sei unter ihrer Würde. Gerüchte über Hexerei führten also fast nie zu einer Verhaftung, Gerichtsverhandlung oder Bestrafung. Trotzdem gab es in vielen europäischen Ländern von Zeit zu Zeit schreckliche Verfolgungen von Frauen, die man der Hexerei verdächtigte und manchmal sogar auf dem Scheiterhaufen verbrannte. Und es war schon schlimm genug, daß die Hebammen sich vorsehen mußten, damit keine dummen Gerüchte über sie in die Welt gesetzt wurden.

Anna Maria liebte ihren kleinen Bruder von Herzen, aber auch mit Strenge, denn das war nun einmal ihre Art. Sie erinnerte ihn daran, daß er einen verantwortungsvollen Beruf anstrebte, weil das Leben und die Gesundheit von Tausenden von Menschen von seinen Fähigkeiten abhängen würden. Und die Voraussetzung für sein Medizinstudium war, daß er seine Ausbildung an der Schule Heiligen-Joseph-im-Winkel absolvierte. Um dort wiederum gut abzuschneiden, mußte er einen klaren Kopf behalten und durfte sich nicht von Spielzeug, Vergnügungen und Albernheiten ablenken lassen. Wie zum Beispiel von diesem Tick mit seinem Geburtstag. Er sollte doch seinen beiden Neffen, Esculapio und Ippocrato, ein Vorbild sein, meinte Anna Maria. Sie sollten zu ihm aufschauen können. Wenn er sich weiter so albern verhalte, würden sie ihn nur als einen kleinen Jungen ansehen, der kaum reifer war als sie selbst.

Tibaldo war von der Rede seiner großen Schwester ganz überwältigt. Er hätte Schwierigkeiten gehabt, ihr eine überzeugende Antwort zu geben, obwohl er sich seit vier Jahren in Rhetorik übte. Zum Glück wurden sie von einem lauten und energischen Klopfen an der Tür unterbrochen. Es war die Dienerin von Signora Guardabassi, der Gattin des dritten Assistenten von Gouverneur Domitiani. Vor einem Monat, als sich herausstellte, daß sie bald ein Kind bekommen würde, hatte Anna Maria begonnen, sich um sie zu kümmern. Deshalb kam diese Nachricht aus der Familie Guardabassi nicht unerwartet. Die Dienerin war jedoch völlig außer sich und rief: «Signora Anna Maria, kommt schnell! Meine Herrin schreit und windet sich in schrecklichen Schmerzen. Wenn Ihr nicht sogleich kommt, wird etwas Furchtbares passieren.»

Anna Maria hielt für solche Notfälle stets einen Korb mit den Arzneien, Säften, Instrumenten und Tüchern bereit, die sie bei einer Geburt benötigte. Innerhalb von einer Minute hatte sie den Korb ergriffen, sich den Mantel übergeworfen und wollte mit der Dienerin das Haus verlassen. Doch plötzlich hatte sie eine Idee. Sie sagte zu Tibaldo: «Komm doch mit. Da wirst du sehen, was es heißt, sich um eine Leidende zu kümmern, und dann werden dir deine kindischen Vorstellungen schon vergehen. Außerdem werde ich vielleicht Hilfe brauchen.»

Als sie Signora Guardabassis Zimmer betraten, lag die Dame auf dem Rücken im Bett, ohne ein Kissen unter dem Kopf. Das Bettzeug fanden sie in einem Haufen auf dem Fußboden. Die

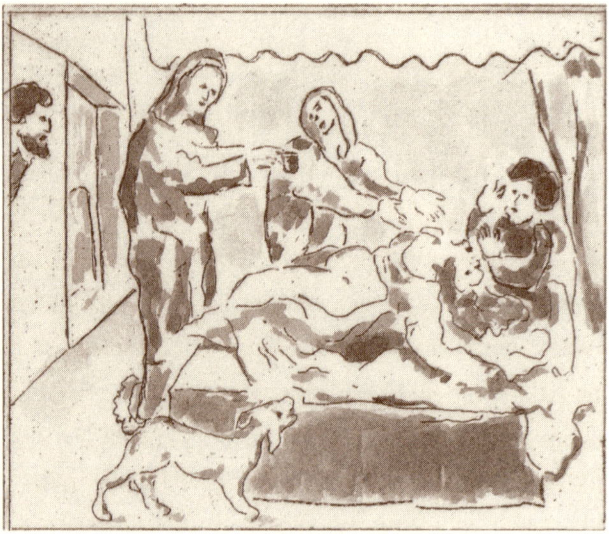

arme Frau war so verzweifelt vor Angst und Schmerzen, daß sie es von sich geschleudert hatte. Aber trotz der Kälte waren ihr Gesicht und ihr Körper schweißüberströmt. Sie schrie fürchterlich. Als sie die Angekommenen bemerkte, rief sie: «Oh, Signora Anna Maria, ich habe so schreckliche Schmerzen! Ich werde sterben, und es ist besser zu sterben, als so zu leiden.» Anna Maria sprach beruhigend auf sie ein, während sie ihr zu einer halb sitzenden Position verhalf und sie mit Kissen stützte. So wurde verhindert, daß das gesamte Gewicht der Gebärmutter mit ihrer Flüssigkeit und dem Baby darin unangenehm auf die Wirbelsäule der Schwangeren drückte. Die Hebamme deckte Signora Guardabassi sorgfältig zu, um sie warm zu halten. Kälte führt nämlich zu Muskelverspannungen, die den normalen Kontraktionen des Uterus entgegenwirken. Anna Maria hatte Signor Guardabassi und der Dienerin mehrmals genau erklärt, daß sie diese einfachen Vorkehrungen treffen mußten, sobald die Wehen einsetzten. Die Dienerin war nun aber so durcheinander, daß sie alles vergessen hatte, und der Ehemann so verängstigt, daß er sich noch nicht einmal traute, das Schlafzimmer seiner Frau zu betreten. Anna Maria massierte Signora Guardabassi den Rükken, damit sie sich entspannen konnte. Währenddessen erinnerte sie sie daran, was sie zu tun hatte: «Entspannt Euch, gnädige Frau, und kämpft nicht gegen die Wehen an. Mit ihnen geleitet die Natur das Baby näher an die Öffnung Eurer Gebärmutter und damit an das Licht der Welt. Die Wehen bedeuten nicht, daß etwas nicht stimmt, sondern gerade das Gegenteil – sie zeigen, daß Euer Körper genau das Richtige tut.» Dann nahm sie eine Flasche mit einem selbstgemachten Sirup aus Himbeersaft und Honig aus dem Korb und flößte ihr eine Tasse davon ein. Das Getränk brachte der Signora einen Teil der Energie zurück, die sie durch ihr verzweifeltes Herumwälzen verbraucht hatte, und seine Süße verhalf ihr zur Entspannung. Anna Maria befahl der Dienerin und Tibaldo, im Kamin gegenüber dem Bett ein Feuer anzuzünden. Der Junge war erleichtert, denn der Anblick der schreienden, schwitzenden, verwirrten Dame hatte ihn ganz verstört. So konnte er sich erst einmal ablenken.

Anna Maria hatte Signora Guardabassi noch nicht untersucht. Sie wusch sich die Hände sorgfältig in einer Schüssel, die im Schlafzimmer stand, bevor sie die Gebärmutter der Schwangeren abtastete. Nach der Untersuchung sagte sie: «Die Zervix, das ist der Muttermund am unteren Ende der Gebärmutter, hat sich noch nicht sehr weit geöffnet. Ihr seid noch in der Eröffnungsphase, und das Baby wird noch nicht so bald kommen. Habt Geduld. Beim ersten Kind dauert es meistens sehr lange.» Inzwischen hatten die Wehen wieder aufgehört, und Signora Guardabassi konnte eine Weile entspannt vor sich hin dösen. Zwei Stunden später setzten die Kontraktionen erneut ein, waren aber jetzt häufiger und intensiver. Doch die Signora vertraute ihrer Hebamme so sehr, daß sie sich nicht mehr dagegen auflehnte. Statt dessen folgte sie ihren Anweisungen und preßte die Muskeln zusammen, damit sich der Muttermund öffnete und das Baby weiter nach unten gedrückt wurde. Zwischen den Wehen sah sie ins Feuer, das die Dienerin und Tibaldo gemacht hatten. Die tanzenden Flammen hatten auf sie eine wunderbar beruhigende Wirkung. Schon bald konnte Anna Maria den Kopf des Kindes sehen und verkündete, es befände sich in der normalen Lage, mit dem Kopf nach unten und dem Gesicht nach hinten. Sie sagte der Mutter, daß die Geburt bei dieser Lage am leichtesten ist. Inzwischen waren die Wehen schon sehr stark geworden. Anna Maria riet Signora Guardabassi, mit dem Pressen aufzuhören, weil das Baby allein durch ihre unwillkürlichen Muskelbewegungen herauskommen würde. Und genau so geschah es auch. Das Kind stieß bereits einen Schrei aus, als erst sein Kopf und seine Schultern zu sehen waren. Da wußten alle, daß die Geburt gelingen würde. Als das Baby – ein Mädchen – ganz herausgekommen war, legte Anna Maria es Signora Guardabassi auf die Brust, wie es den instinktiven Bedürfnissen von Mutter und Kind entsprach.

Die Geburt war aber noch nicht ganz vorbei, und was noch kam, war fast genauso erstaunlich wie alles, was bisher passiert war. Innerhalb weniger Minuten wurde eine teilweise durchsichtige Membran aus dem Mutterleib ausgestoßen. In ihr befand sich eine Gewebemasse, die sogenannte Plazenta. Dieses Organ entwickelt sich am Innenrand der Gebärmutter, um das ungeborene Baby zu ernähren und zu verhindern, daß unerwünschte Substanzen in seinen Blutkreislauf gelangen. Die Plazenta und

der Nabel des Kindes sind durch die Nabelschnur verbunden, durch die das Kleine im Uterus ernährt wird. Anna Maria durchtrennte sie in der Nähe des Nabels und machte an ihrem Ende einen sauberen kleinen Knoten, während die Dienerin die Plazenta aus dem Zimmer trug. Als Anna Maria die Mutter und ihre kleine Tochter wusch, sagte Signora Guardabassi mit vor Erschöpfung ganz leiser Stimme: «Signora Anna Maria, ich bin Euch sehr dankbar. Ihr seid die beste Freundin, die ich je hatte, und ich werde meiner Tochter Euren Namen geben.»

Erst nachdem die Hebamme ihre Pflichten erfüllt hatte, bemerkte sie, daß Tibaldo blaß war und zitterte. «Was ist denn mit dir los?» fragte sie. Tibaldo war so verblüfft und schockiert von dem, was er in den letzten fünf Stunden erlebt hatte, daß er zuerst nicht antworten konnte. Seine Schwester goß ihm eine Tasse von ihrem Himbeer-Honig-Sirup ein und meinte: «Du brauchst das genauso nötig wie Signora Guardabassi vorhin, als wir gekommen sind.» Das Getränk beruhigte Tibaldo ein wenig, doch er konnte immer noch nichts sagen, weil ihm so viele verwirrende Gedanken durch den Kopf gingen. Er mußte daran denken, was für ein seltsamer Vorgang eine Geburt war – er hatte zwar eigentlich gewußt, wie Babys auf die Welt kommen, aber doch nicht so genau. Auch der Anblick des Frauenkörpers hatte ihn verstört, ohne daß er so recht wußte, warum. Und er war schockiert von den schrecklichen Qualen, die Signora Guardabassi gelitten hatte, als sie angekommen waren. Sie erschienen ihm viel schlimmer als das Leiden der Kranken und Verwundeten, die sein Vater behandelte. Und schließlich zweifelte er an sich selbst, vor allem an seiner Fähigkeit, später als Arzt Menschen zu heilen, die große Schmerzen haben. Am Ende gelang es ihm doch, seiner Schwester von diesen verwirrenden Gedanken zu erzählen. Anna Maria antwortete ihm: «Es ist sehr gut, daß du das so empfindest. Wer nicht versteht, wie sehr die Menschen leiden können und wie schwer es manchmal ist, sie zu heilen, wird nie ein guter Doktor werden. Nur wer das alles begreift, wird zu den großen Opfern bereit sein, die die Ausbildung eines Arztes erfordert. Du wirst diese Opfer bringen. Und du hast Glück, eine Schwester zu haben, die Hebamme ist und ihre Kunst von unserer Tante und unserer Großmutter erlernt hat. Eine Hebamme weiß so manches, was an den medizinischen Fakultäten anscheinend nicht unterrichtet wird. Hast du gesehen, wie ich Signora Guardabassi dazu gebracht habe, sich den natürlichen Bewegungen ihrer Muskeln nicht zu widersetzen? So mancher Schmerz läßt sich nicht vermeiden, wenn jemand krank oder verwundet ist, aber man sollte ihn nicht durch Angst noch schlimmer machen. Vergiß nie die Lektion, die du heute gelernt hast.»

Anna Maria fühlte sich durch ihren Erfolg bei der Behandlung von Signora Guardabassi und durch die Anwesenheit ihres kleinen Bruders, der sie offensichtlich bewunderte, angespornt. Sie konnte nicht widerstehen, ihm einen kleinen Vortrag zu halten: «Hast du gesehen, wie sorgfältig ich mir vor der Untersuchung die Hände gewaschen habe? Und was für kurze Fingernägel ich habe, damit kein Dreck darunter gerät, der dann vielleicht in den Körper der Mutter und des Kindes eindringt? Ich weiß nicht, warum ihnen auch das kleinste Stäubchen schadet. Vielleicht hat einer der gelehrten Professoren von der Medizinischen Fakultät eine Antwort darauf. Ich weiß nur, daß wenig Schmutz viel Schaden anrichten kann. Ich kenne ein Dutzend Hebammen in und um Bologna und einige, die weiter entfernt wohnen, und die Tante und die Großmutter kannten noch viel mehr. Uns allen ist aufgefallen, daß bei den Hebammen, die sich sehr gründlich die Hände waschen und ihre Instrumente und Tücher auskochen, das Kindbettfieber weniger häufig vorkommt und die Kindersterblichkeit niedriger ist als bei den nachlässigeren Geburtshelferinnen. Das ist eine Tatsache, und es muß dafür einen Grund geben.» Anna Maria hätte vielleicht noch weitergeredet, aber sie bemerkte, daß Tibaldo schon wieder ganz traurig aussah. «Was ist jetzt wieder los?» wollte sie wissen. Tatsächlich war es der Tick mit seinem Geburtstag, der Tibaldo trotz der Aufregungen des Tages wieder gepackt hatte. «Das kleine Mädchen hat es gut», meinte er. «Sie ist gerade erst geboren und kann sicher sein, daß sie ihr Leben lang jedes Jahr Geburtstag haben wird. Aber ich werde meinen zwölften Geburtstag verlieren, und er ist doch ein sehr wichtiger Geburtstag.» Anna Maria war empört. «Du hast gerade eines der größten Wunder der Welt miterlebt, die Geburt eines Menschen, und hast ein paar wertvolle Erkenntnisse für deine zukünftige Laufbahn gewonnen, und jetzt stellst du dich hin und jammerst wie ein Dummkopf über deinen Geburtstag! Ich dachte, du würdest endlich erwachsen werden, aber jetzt bekomme ich allmählich Zweifel.»

Beide schwiegen eine Weile – Anna Maria hatte alles gesagt, und Tibaldo war viel zu verlegen, um noch ein Wort herauszubringen. Dann umarmte Anna Maria ihren kleinen Bruder. Sie liebte ihn ja, und ihr war plötzlich aufgegangen, daß er eben doch noch ein Kind war, trotz seiner hervorragenden Leistungen in der Schule. Deshalb war es ganz natürlich, daß er kindliche Launen hatte. Also sagte sie: «Tibaldo, du bist wirklich albern. Du verdienst es gar nicht, daß ich dir bei diesem Tick mit deinem Geburtstag helfe. Doch ich werde auch einmal albern sein und dir einen Gefallen tun. Ich erzähle dir etwas, was dir vielleicht helfen wird.» Sie hatte eine verblüffende Nachricht:

Papst Gregor hatte vor, im September nach Bologna zu kommen. Und woher kannte eine einfache Hebamme in Bologna die Pläne Seiner Heiligkeit in Rom? Nun, ein anderer Name für Hebamme war «weise Frau». Hebammen wissen vieles und erfahren vieles. Und dies ist die Erklärung: Signor Guardabassi war der dritte Assistent von Signor Domitiani, dem Gouverneur von Bologna. Der Papst hatte beschlossen, die Stadt zu besuchen, in der er geboren, aufgewachsen und ausgebildet worden war, denn er war ein wenig sentimental und wollte seine Geburtsstadt vor seinem Tod noch einmal sehen. Also befahl er dem Gouverneur, einen angemessenen Empfang vorzubereiten. Er wollte aus verschiedenen Gründen nicht, daß seine Reisepläne bekannt wurden, nicht zuletzt, weil so viele Räuber die Straßen des Kirchenstaats unsicher machten. Signor Domitiani mußte aber zumindest seine Assistenten unterrichten, damit sie früh genug die Unterbringung, den Schutz, die Unterhaltung und die Ehrung des großen Gefolges planen konnten, das den Papst begleitete. Signor Guardabassi wurde die große, wenn auch beängstigende Ehre zuteil, zum Vorsitzenden des Planungskomitees ernannt zu werden. Und das geschah just zu dem Zeitpunkt, als Anna Maria ihre ersten Hausbesuche bei seiner Frau machte. Nun wollte Signor Guardabassi wissen, ob sein Kind beim Besuch des Papstes schon so groß und so stark sein würde, daß er es ihm zeigen könne, denn der päpstliche Segen war das größte Geschenk, das man einem Kind machen konnte. Nach der Untersuchung hatte er also Anna Maria gefragt, wann das Baby geboren werden würde. Lag der Geburtstermin so zeitig vor dem September, daß man es ohne Gefahr Seiner Heiligkeit vorzeigen konnte? Eigentlich hätte er Anna Maria nicht unbedingt erzählen müssen, warum er das wissen wollte. Denn warum sollte ein werdender Vater nicht einfach neugierig sein? Aber Signor Guardabassi war natürlich auch sehr stolz darauf, als einer von wenigen Menschen schon im März zu wissen, daß der Papst im September kommen würde. Noch stolzer war er auf seine Stellung als Vorsitzender des Planungskomitees. Irgendwie konnte er nicht widerstehen, der Hebamme die große Nachricht mitzuteilen. Sie mußte ihm natürlich versprechen, es niemandem zu erzählen.

Anna Maria zeigte sich gebührend beeindruckt und hielt ihr Schweigeversprechen auch – zumindest bis sie Tibaldo einweihte. Sie sagte zu ihm: «Papst Gregor hat dir den Geburtstag weggenommen, also kann nur er ihn dir zurückgeben. Vielleicht findest du einen Weg, ihn dazu zu überreden.» Tibaldo war überglücklich und überlegte sofort, wie er dem Papst begegnen und ihn umstimmen konnte. Es war ein sehr ereignisreicher Tag für ihn gewesen.

Der Papst in Bologna

Anfang Juli 1582 war es bereits kein Geheimnis mehr, daß Papst Gregor in der ersten Septemberwoche nach Bologna kommen würde. Es waren so weitreichende Vorbereitungen getroffen worden, daß am Ende jeder Bürger der Stadt davon erfahren hatte. Bologna liegt über dreihundert Kilometer nördlich von Rom, und die Straßen durch den Apennin waren kurvig und holprig. Selbst mit der besten Kutsche und den besten Pferden konnte die Reise gut und gerne sechs Tage dauern. Für einen achtzigjährigen Mann war sie eine Strapaze, aber Papst Gregor war bereit, die Unbequemlichkeiten auf sich zu nehmen, weil er die Stadt liebte, in der er 1502 geboren worden war.

Vor seiner Ernennung zum Papst war sein Name Ugo Buoncompagni gewesen, und es wärmte sein Herz, wenn man ihm junge Mitglieder der Familie vorstellte. Fand er einen seiner Neffen oder Großneffen besonders begabt, dann verschaffte er ihm meist eine Stellung im Vatikan oder in der Regierung des Kirchenstaats. Der Papst wurde stets wie ein Fürst empfangen, den seine Untertanen lange nicht gesehen hatten, denn Bologna war eine der großen Städte des Kirchenstaats und stand zudem in seiner besonderen Gunst. Es war in ganz Italien berühmt für seine bunten Prozessionen und Feierlichkeiten. Die Bürger verstanden es, Papst Gregor ein prächtiges Fest auszurichten – schließlich war er gleichzeitig der Sohn ihrer Stadt, das Oberhaupt ihrer Regierung und ihr höchster religiöser Führer.

Die Schule Heiligen-Joseph-im-Winkel hatte besonderen Grund zur Vorfreude. Papst Gregor war auch auf diese Schule ge-

gangen, natürlich zu einer Zeit, als Meister Domenico noch lange nicht Direktor gewesen war. Er hatte die Schule 1517 mit höchster Auszeichnung abgeschlossen und dann Jurisprudenz und Theologie an der Universität Bologna studiert, wo er anschließend Professor der Rechtswissenschaft wurde. Er war im Verlauf seines langen Lebens mit sieben Leitern der Schule vom Heiligen-Joseph-im-Winkel befreundet gewesen. Bei jedem Besuch in der Stadt legte er Wert darauf, eine kleine Delegation von ausgewählten Schülern zu empfangen. Er liebte es, sich die langen lateinischen Passagen anzuhören, die sie auswendig konnten, und ihnen von den erstaunlichen Gedächtnisleistungen zu erzählen, die zu seiner Schulzeit üblich gewesen waren. Danach stellte er ihnen schwere Interpretationsaufgaben, und zum Abschluß segnete er sie. Der sonst so strenge und feierliche Papst wirkte bei diesen Anlässen wie ein gütiger Vater.

Die Schüler wetteiferten miteinander, um für die Papstaudienz ausgewählt zu werden. Manche waren von vornherein im Vorteil – zum Beispiel die Ältesten oder diejenigen, die schon am längsten auf der Schule waren, oder auch die Sieger der Wettbewerbe im Übersetzen, Auswendiglernen oder in Rhetorik. Söhne einflußreicher Väter oder Schüler, die sich bei den Lehrern eingeschmeichelt hatten, wurden ebenfalls bevorzugt.

Natürlich strebte auch Tibaldo nach der Ehre, für die Delegation ausgewählt zu werden,doch er hatte noch einen anderen, geheimen Beweggrund. Er träumte, es irgendwie bewerkstelligen zu können, sich mit einer Bitte an den Papst zu wenden – er sollte seinen Geburtstag aus dem Loch im Kalender retten. Natürlich war dieses Ansinnen albern, wie ihm allmählich selbst klarwurde. Aber so ist es nun einmal mit solchen Ticks. Sie verschwinden nicht einfach, nur weil sie albern sind. Deshalb hoffte Tibaldo noch viel mehr als seine Mitschüler, zu den zwölf für die Papstaudienz Auserwählten zu gehören.

Wie seine Chancen standen? Er gehörte nicht zu den Ältesten – ein Minuspunkt. Er besuchte die Schule auch noch nicht so lange wie viele andere – noch ein Minuspunkt. Gelegentlich hatte er einen Wettbewerb gewonnen, denn er war sehr intelligent – ein Pluspunkt. Aber Tibaldos Vater war ein armer Mann ohne Einfluß in der Stadt – wieder ein Minuspunkt. Ob die Lehrer ihn bevorzugten? Ja, auf zwei von ihnen traf das zu. Es waren Meister Demetrios, der Tibaldos Fähigkeit zum selbständigen Denken schätzte, und Meister Vittorio, dem seine große Neugier auf Naturphänomene aufgefallen war. Und die anderen? Ganz im Gegenteil. Genau die Eigenschaften, die Demetrios und Vittorio gefielen, lehnten die anderen ab. Sie fanden, daß Tibaldo zu viele Fragen stellte und ihnen nicht genügend Respekt entgegenbrachte. Ein Lehrer sagte: «Solche Jungen sind gefährlich; sie denken zuviel.» Insgesamt war Tibaldos Ansehen bei den Lehrern also eher schlecht. Und wenn man alles zusammenzählte, hatte er verloren. Er wurde nicht gewählt.

Aber Tibaldo ließ nicht alle Hoffnung fahren. Er hatte nämlich etwas, das man in späteren Jahrhunderten als Geheimwaffe bezeichnen würde. Erinnern wir uns, daß sein Vater Lorenzo Bondi der Assistent von Professor Turisanus an der Medizinischen Fakultät der Universität war. Lorenzo fand, daß alle seine Kinder den Aufbau des menschlichen Körpers kennen sollten, ob sie nun später einen medizinischen Beruf ergriffen oder nicht. Er erzählte ihnen häufig, daß es keine großartigere Maschine und kein besser konstruiertes Gebäude auf der Welt gibt als den menschlichen Körper. Deshalb brachte er ihnen für ihr eigenes Studium gelegentlich Präparate mit nach Hause. Manchmal waren es die Knochen einer Hand oder eines Fußes, dann wieder einige Rückenwirbel, die sie mit Nadeln und Drähten zusammenbauen sollten. Einmal kam er sogar mit einem ganzen Schädel nach Hause. Noch faszinierender waren aber die Flaschen mit den in Alkohol konservierten Organen, etwa einem Herz oder einer Niere. Am seltsamsten von allen war der kleine Embryo, der nur drei Zentimeter lang war und ein kleines Schwänzchen hatte! Auf den ersten Blick machte er einem angst, aber wenn man sich daran gewöhnt hatte, war es ein erstaunlicher Anblick. Manchmal steckte

Tibaldo am Sonntagabend ein Präparat in seine Schultasche, um sie am nächsten Tag seinen Mitschülern zu zeigen. Nichts gab ihm größeres Ansehen als diese gelegentlichen Anatomieausstellungen. Die Präparate waren seine Geheimwaffe.

Zu Tibaldos engsten Freunden gehörte Stefano Costa. Er war lebhaft und intelligent wie er. Der gleichaltrige Junge sah Tibaldo auch äußerlich so ähnlich, daß man sie häufig für Brüder hielt. In einer Hinsicht unterschieden sie sich allerdings sehr – Stefanos Vater, der größte Seidenhändler in ganz Bologna, war ebenso reich, wie Tibaldos Vater arm war. Sein Sohn wurde von den Lehrern und dem Direktor sehr viel höher geschätzt als Tibaldo, und die Vermutung liegt nahe, daß der Wohlstand seines Vaters daran nicht ganz unschuldig war. Jedenfalls gehörte er zu der Delegation, die Papst Gregor empfangen sollte. Zusammen mit den anderen Auserwählten bekam er speziellen Vorbereitungsunterricht, der von Meister Domenico selbst gegeben wurde.

Ein paar Tage vor der Ankunft des Papstes flüsterte Tibaldo seinem Freund etwas zu – er schlug ihm einen Handel vor. Stefano war faszinierter als alle anderen von den anatomischen Präparaten, und Tibaldo war bereit, ihm für seinen Platz in der Delegation eine von ihnen zu überlassen. Er sagte, wenn sie am Tag der Audienz ihre Kleider tauschten, würde niemand etwas merken, weil sich die beiden Jungen so ähnlich sahen. So könnte sich Stefano vor seinen Schulkameraden immer noch damit brüsten, ausgewählt worden zu sein. Nur dabeisein würde er nicht, und dafür bekam er ja ein Präparat.

Stefano war nicht abgeneigt, wenn er es auch nicht so recht zugeben wollte. Die beiden begannen zu feilschen. «Und welches Präparat?» fragte Stefano. «Alle Knochen eines Fußes», schlug Tibaldo vor. «Das ist nicht genug für ein Zusammentreffen mit dem Papst», erwiderte sein Freund. «Ein Kiefer mit allen Zähnen drin», sagte Tibaldo. «Das reicht auch nicht», gab Stefano zurück. Nach einer Weile stellte sich heraus, daß er es auf das beste Stück von allen abgesehen hatte – den Embryo mit dem Schwänzchen. Tibaldo konnte ihn weggeben, denn er hatte ihn von seinem Vater als besonderes Geschenk bekommen, an seinem ersten Geburtstag, nachdem Professor Turisanus ihn auf die Schule geschickt hatte. Die Flasche mit dem Embryo war Tibaldos liebster Besitz. Er hätte drei Tage auf sein Essen verzichtet, nur um ihn behalten zu dürfen. Diesen Schatz für eine Papstaudienz aufzugeben war ein ungeheures Opfer für ihn. Der arme Tibaldo versuchte vergeblich, Stefano etwas anderes anzubieten. Sein Freund wußte ganz genau, was er wollte, und es war ausgerechnet der Gegenstand, der Tibaldo am wichtigsten war. Tibaldo war schrecklich hin- und hergerissen. Wäre da nicht der Tick mit dem Geburtstag gewesen – er hätte sich auf keinen Fall auf diesen Handel eingelassen. Aber so ein Tick bestimmt irgendwann das ganze Denken. Schließlich opferte Tibaldo ihm

sogar sein geliebtes Präparat. Die Jungen einigten sich, und ein Handschlag machte den Handel perfekt.
Der 7. September 1582 war ein herrlicher Tag. Papst Gregor feierte eine Frühmesse in der Basilika von San Petronio und fuhr dann in einer von vier Schimmeln gezogenen, offenen Kutsche zum Palazzo Communale. Ein Viertel der Bologneser Bevölkerung marschierte in einer Prozession hinter der Kutsche her, die anderen drei Viertel säumten die Straßen, schauten aus Fenstern, stiegen auf Bäume oder setzten sich auf die Dächer, um dem Schauspiel beizuwohnen. Zu der Prozession gehörten Soldaten zu Fuß und zu Pferde, alle in die glänzenden Uniformen der päpstlichen Armee gekleidet. Man sah große bunte Flaggen, manche mit dem Wappen des Papstes, manche mit dem der Stadt Bologna und schließlich einige mit dem Wappen der Familie Buoncompagni. Trompeter traten auf, Pfeifer und Trommler. Alle Gilden von Bologna waren vertreten: die Glasbläser, die Baumeister, die Weber, die Hufschmiede, die Kupferschmiede und die Goldschmiede, die Fleischer, die Winzer, die Faßküfner, die Bäcker und so weiter. Reliquien des Schutzheiligen von Bologna, San Petronio, wurden unter einem von zehn Männern gehaltenen

Baldachin getragen. Die Prozession führte durch die herrlichen Bogengänge, für die Bologna berühmt ist, und vorbei an den schiefen Türmen von Asinelli und Garisenda. Übrigens beklagten sich die Bürger von Bologna stets, daß Pisa für seinen einen schiefen Turm berühmt war, während *ihre* Stadt sogar zwei hatte, von denen einer sogar noch schiefer war als der von Pisa. Und schließlich zog die Prozession über die Piazza Maggiore auf die Piazza Nettuno, vor den Palazzo Communale, den Sitz der Zentralregierung der Stadt Bologna. Erst zwei Jahre vorher war über dem Torweg zum Palazzo ein Standbild von Papst Gregor errichtet worden, und dies war die erste Gelegenheit für ihn, es an seinem endgültigen Standort zu bewundern.

Vor dem Torweg war ein großes Podium aus Holz errichtet worden, in dessen Mitte ein von Pfauenfedern beschatteter, vergoldeter Holzthron stand. Zwei Stunden lang erwies eine Delegation

nach der anderen dem Papst ihren Respekt. Sie brachten ihm Geschenke, übergaben Bittschriften und nahmen seinen Segen entgegen. Die Glasbläsergilde schenkte ihm einen schönen Glaskelch, die Baumeistergilde ein Modell der Kirche von San Petronio, die Weber einen bestickten roten Umhang und so weiter. Für einen Achtzigjährigen war es anstrengend, so lange stillzusitzen und so viele Delegationen zu empfangen. Aber Papst Gregor fühlte sich wie zu Hause, und die Zeremonie gefiel ihm trotz aller Anstrengung. Schließlich war die Delegation von der Schule Heiligen-Joseph-im-Winkel an der Reihe. Darauf hatte sich Papst Gregor am meisten gefreut, weil er seine alte Schule so gern mochte. Und es gab noch jemanden, der sich auf die Delegation freute – Signor Costa, Stefanos Vater, der in der ersten Reihe vor der Plattform stand.

Er hatte mit Genugtuung erfahren, daß man seinen Sohn für die zwölfköpfige Delegation ausgewählt hatte. Meister Domenico hatte von ihm einen Hinweis erhalten, daß er sich sehr freuen würde, wenn Stefano dazugehören würde. Er hatte den besten Schneider von Bologna beauftragt, einen standesgemäßen und festlichen Anzug für seinen Sohn anzufertigen: Kniehosen, eine Jacke und eine Tunika aus bestickter blauer Seide sowie einen breitkrempigen Samthut. Mit stolzgeschwellter Brust sah er, wie die Delegation aus dem Tor des Palazzo Communale trat und die Treppe zur Plattform hochstieg, denn kein Schüler war so reich und geschmackvoll gekleidet wie sein Sohn. Aber als die Mitglieder der Delegation dem Papst zu Ehren ihre Hüte abnahmen, erblickte Signor Costa voller Verblüffung nicht Stefano, sondern den jungen Tibaldo Bondi. Die beiden ähnelten sich zwar, aber von den eigenen Eltern wurden sie natürlich nicht verwechselt. Er flüsterte seiner Frau, die neben ihm stand, zu: «Das ist Bondi, der Halunke, in Stefanos Kleidern! Und wo ist Stefano? Ein unerhörtes Verbrechen – ich werde diesen Skandal sofort aufdecken!» Signora Costa ergriff energisch seinen Arm und flüsterte zurück: «Mein Herr, wißt Ihr, was Signor Domitiani tun würde, wenn Ihr die päpstliche Zeremonie jetzt unterbrecht?» Da nahm sich Signor Costa trotz seiner Wut zusammen. Er gab seiner Frau keine Antwort, was so gut wie ein Eingeständnis war, daß sie

recht hatte. Mit bitterem Herzen verfolgte er die Ereignisse und beschloß, den jungen Bondi beizeiten zu bestrafen, und Stefano ebenfalls, wenn auch ihn Schuld an der Sache treffen sollte. Tibaldo war sich gar nicht bewußt, wie gefährdet seine Zukunft in diesem Augenblick war. Hätte Signor Costa ihn als Hochstapler entlarvt, wäre er sicherlich von der Schule verwiesen worden, hätte seine Begünstigung durch Professor Turisanus und seine beruflichen Chancen verloren und damit seine Eltern und sich selbst bis ans Ende aller Tage unglücklich gemacht. So aber verlief die Papstaudienz wie geplant. Mehrere Schüler rezitierten Auszüge aus den Werken von Cicero, Vergil, Augustinus und dem heiligen Thomas von Aquin. Zuerst hörte Papst Gregor ihnen wohlwollend zu, aber bei einem besonders langen Vortrag schweiften seine Gedanken ab. Der Kopf schien ihm auf die Brust zu sinken, und die Lider wurden ihm schwer – ein schlechtes Zeichen. Aber dann richtete er sich auf und fragte unvermittelt: «Kann einer von euch etwas rezitieren, was wir geschrieben haben?» Wie Könige dürfen auch Päpste «wir» sagen, wenn sie eigentlich «ich» meinen. Fast alle Schüler waren überrumpelt, denn Meister Domenico hatte nicht daran gedacht, sie auf diese Frage vorzubereiten. Aber Tibaldo meldete sich mutig und sagte: «Ich kann es, Eure Heiligkeit.»

Und er begann: «*Inter gravissimas pastoralis officii nostri curas, ea postrema non est, ut quae ab sacro Tridentino Concilio Sedi Apostolicae reservata sunt, illa ad finem optatum, Deo adiutore, perducantur …*» Tibaldo zitierte zwanzig Zeilen der päpstlichen Bulle zur Kalenderreform. Er hatte das Dokument ja sehr sorgfältig studiert, da es einen wichtigen Teil seines Lebens berührte. Die Augen des Papstes füllten sich mit Stolz, sowohl auf die schöne lateinische Prosa, die er geschrieben hatte, als auch

auf seine alte Schule, die einen Schüler mit so bemerkenswertem Wissen hervorgebracht hatte.

Dann fragte er Tibaldo: «Junger Mann, über unseren neuen Kalender ist viel gestritten worden. Was ist deine Meinung?» Die herrliche Gelegenheit für Tibaldo war gekommen, und er wußte, daß er vorsichtig und geschickt vorgehen mußte. Das fiel ihm sehr schwer, denn er zitterte vor diesem strengen, mächtigen alten Mann, dem Oberhaupt seiner Kirche und Regenten seiner Stadt. Dann erinnerte er sich an Meister Demetrios' Rat «Habt nie vor irgend etwas Angst!» und begann zu sprechen, demütig und leise, aber mit fester Stimme: «Eure Heiligkeit, der neue Kalender ist ein großer Fortschritt, denn der alte war gegen die Natur. Durch ihn hatte das Kalenderjahr eine andere Länge als das Sonnenjahr, und dadurch wurden die Jahreszeiten und die Feiertage immer mehr durcheinandergebracht.» Papst Gregor machte eine zustimmende Geste, denn das war genau der Grund, warum er den Kalender hatte ändern lassen.

Tibaldo fuhr fort: «Aber, Eure Heiligkeit, der Kalender hat ein Loch. Und es gibt Tage, die durch dieses Loch hindurchfallen werden.» Papst Gregor kniff die Augen zusammen, und das Lächeln verschwand aus seinem Gesicht. Er schätzte es nicht, wenn man ihm mit einem «Aber» kam. «Erkläre dich, junger Mann», sagte er.

«Eure Heiligkeit, im Jahr 1582 gehen alle Jahrestage und Geburtstage zwischen dem 5. und dem 15. Oktober verloren, weil diese Daten übersprungen werden, und ...»

Tibaldo durfte seinen Satz nicht zu Ende bringen. Der Papst fiel ihm scharf ins Wort: «Ist denn ein Geburtstag wichtig, wenn wir dem Jahr seine Ordnung zurückgeben? Kleine Dinge sind nebensächlich, wenn man Großes erreichen will.»

Dies war der entscheidende Augenblick, und Tibaldo hätte fast den Mut verloren. Doch dann fuhr er fort: «Eure Heiligkeit, in einer großen Stadt ist fast jeder Mensch unbedeutend. Aber an einem Tag im Jahr wird ihm von seiner Familie und seinen Freunden besondere Aufmerksamkeit zuteil, so daß er sich für diesen einen Tag bedeutend fühlt. Es ist wichtig, daß jeder sich von Zeit zu Zeit einmal bedeutend fühlt.» Die jahrelangen Rhetorikübungen in der Schule hatten wirklich seinen Verstand geschärft.

Und der Papst ließ sich noch einmal erweichen. Ein amüsiertes Lächeln erschien auf seinem Gesicht. Doch er hatte einen weiteren Einwand. «Junger Mann, ein Geburtstag ist eine alberne, frivole, weltliche Einrichtung. Wenn sich jeder Mensch an einem Tag im Jahr bedeutend fühlen muß, sollte es doch sein Namenstag sein, denn das ist ein kirchlicher Anlaß.» (Der Namenstag ist der Feiertag des Heiligen, nach dem die betreffende Person benannt wurde.)

Tibaldo war zwar überrascht, aber ihm fiel sogleich eine Antwort ein: «Eure Heiligkeit, denkt doch einmal an die armen Menschen, die wegen des Kalenderlochs ihre Namenstage verlieren werden, weil die Feiertage ihrer Namenspatrone zwischen dem 5. und dem 15. Oktober liegen. Denkt an die armen Menschen, die auf den Namen des heiligen Apollinaris, des heiligen Bruno, der heiligen Justina, des heiligen Marcellus, des heiligen Denis, der heiligen Francis Borgia, des heiligen Andronicus, der heiligen Ethelburga, des heiligen Faustus und des heiligen Callistus getauft wurden. Habt Ihr für diese Menschen kein Mitgefühl?»

Blitzschnell kam ihm noch ein anderer Gedanke: «Und werden nicht die heiligen Apollinaris, Bruno, Justina, Marcellus und all die anderen selbst traurig sein, weil man ihnen ihre Festtage genommen hat, auch wenn sie schon im Himmel sind?»

Papst Gregor fing an zu lachen – das kam bei ihm selten vor, ja, es war das erste Mal seit acht Jahren. «Junger Mann, du hast einen guten Geist und einen scharfen Verstand. Die Schule Heiligen-Joseph-im-Winkel sollte sehr stolz auf dich sein. Wir prophezeien dir eine große Zukunft.» Und dann wandte er sich an den Sekretär an seiner Seite und befahl ihm, der Bulle zur Kalenderumstellung den folgenden Passus hinzuzufügen:

«Nur unsere Sorge um ihre ewige Erlösung übertrifft für uns als Apostolischen Vater die Sorge um das rechtmäßige und angemessene irdische Wohl der Gläubigen. Da Jahrestage, Feiern und staatsbürgerliche Feste Anlässe für die schickliche Erfreuung und Erquickung des Geistes sind, widerspricht es unserem Willen, daß solche Feiern als Konsequenz der Kalenderreform, die der Heilige Stuhl am 24. Februar des Jahres 1582 proklamiert hat, unterlassen werden. Daher ordnen wir an, daß alle Festtage, die gewöhnlich zwischen dem 5. und dem 15. Oktober stattfinden – an den Tagen also, die nach dem neuen Kalender im Jahr 1582 ausfallen –, an jenen Tagen gefeiert werden, auf die sie nach dem alten Kalender fallen würden. Alle Jahrestage et cetera, die gewöhnlich am 15. Oktober oder später stattfinden, sind nach dem neuen Kalender zu begehen.»

Tibaldo verbeugte sich, dankte dem Papst demütig und erhielt seinen Segen. Dann wurde die Schuldelegation entlassen, und die Audienz war beendet. Der betagte Kirchenmann war sehr müde und mußte ruhen, aber er lächelte noch, als er die Plattform verließ und in sein Zimmer zurückkehrte.

Tibaldo indes jubilierte. Er hatte genau das erreicht, was er sich vorgenommen hatte, und seinen Plan mit großem Mut und großer Klugheit durchgeführt. Es war, als ob er von einer großen Besessenheit befreit wäre, denn er würde nun doch seinen zwölften Geburtstag bekommen. Sie würden ihn nach dem alten Kalender am 10. Oktober feiern, obwohl dieser Tag nach dem Gregorianischen Kalender der 20. Oktober war. Wichtig war aber nur, daß er überhaupt stattfinden würde und daß Papst Gregor es offiziell so bestimmt hatte.

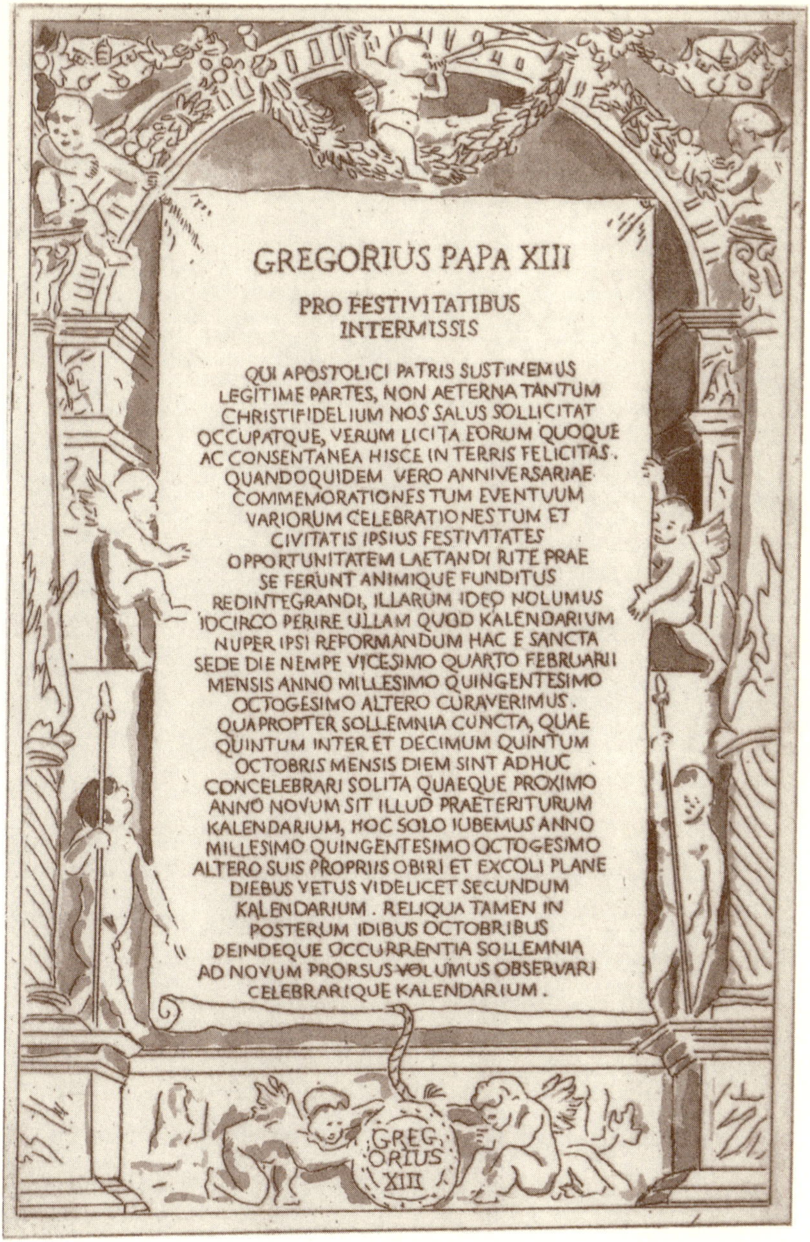
GREGORIUS PAPA XIII
PRO FESTIVITATIBUS
INTERMISSIS
QUI APOSTOLICI PATRIS SUSTINEMUS
LEGITIME PARTES, NON AETERNA TANTUM
CHRISTIFIDELIUM NOS SALUS SOLLICITAT
OCCUPATQUE, VERUM LICITA EORUM QUOQUE
AC CONSENTANEA HISCE IN TERRIS FELICITAS.
QUANDOQUIDEM VERO ANNIVERSARIAE
COMMEMORATIONES TUM EVENTUUM
VARIORUM CELEBRATIONES TUM ET
CIVITATIS IPSIUS FESTIVITATES
OPPORTUNITATEM LAETANDI RITE PRAE
SE FERUNT ANIMIQUE FUNDITUS
REDINTEGRANDI, ILLARUM IDEO NOLUMUS
IDCIRCO PERIRE ULLAM QUOD KALENDARIUM
NUPER IPSI REFORMANDUM HAC E SANCTA
SEDE DIE NEMPE VICESIMO QUARTO FEBRUARII
MENSIS ANNO MILLESIMO QUINGENTESIMO
OCTOGESIMO ALTERO CURAVERIMUS.
QUAPROPTER SOLLEMNIA CUNCTA, QUAE
QUINTUM INTER ET DECIMUM QUINTUM
OCTOBRIS MENSIS DIEM SINT ADHUC
CONCELEBRARI SOLITA QUAEQUE PROXIMO
ANNO NOVUM SIT ILLUD PRAETERITURUM
KALENDARIUM, HOC SOLO IUBEMUS ANNO
MILLESIMO QUINGENTESIMO OCTOGESIMO
ALTERO SUIS PROPRIIS OBIRI ET EXCOLI PLANE
DIEBUS VETUS VIDELICET SECUNDUM
KALENDARIUM. RELIQUA TAMEN IN
POSTERUM IDIBUS OCTOBRIBUS
DEINDEQUE OCCURRENTIA SOLLEMNIA
AD NOVUM PRORSUS VOLUMUS OBSERVARI
CELEBRARIQUE KALENDARIUM.
GREG
ORIUS
XIII

Sein Triumph warjedoch nicht vollständig. Signor Costa war außer sich vor Wut, daß Tibaldo mit seinem Sohn Stefano die Kleider getauscht und sich in die Delegation eingeschlichen hatte. Noch bevor sich die Menge zerstreut hatte, suchte er den Direktor der Schule Heiligen-Joseph-im-Winkel auf und verlangte, daß Tibaldo für sein hinterhältiges Täuschungsmanöver schwer bestraft würde. Meister Domenico rief Tibaldo zu sich und schalt ihn tüchtig aus. Er überlegte, wie er den Jungen bestrafen sollte. Mußte er ihn von der Schule verweisen? Sollte er ihn vor allen Mitschülern mit zwanzig Peitschenhieben bestrafen? Oder ihm einen Monat lang nur trockenes Brot und Wasser gewähren? Zum Glück für Tibaldo klopfte ein Assistent an die Tür, während der Direktor noch überlegte.

Er brachte einen Brief von Papst Gregor, in dem der Heilige Vater Meister Domenico zu den hervorragenden Leistungen seiner Schüler gratulierte und sich nach dem Namen des gescheiten Jungen erkundigte, mit dem er über den Kalender gesprochen hatte. Tibaldo war gerettet. Meister Domenico konnte ihn kaum in dem Augenblick bestrafen, in dem der Papst ihm besondere Glückwünsche sandte.

Also schluckte er seine Wut herunter, vergab Tibaldo und gratulierte ihm widerwillig. Dann stand ihm die unangenehme Aufgabe bevor, Signor Costa mitzuteilen, daß man gegen Tibaldo nichts unternehmen konnte, weil der Papst sich persönlich für ihn eingesetzt hatte. Signor Costa mußte sich damit zufriedengeben, Stefano auszuschimpfen, der keinen päpstlichen Schutz genoß.

Doch Tibaldo mußte immer noch seinem Vater, Lorenzo Bondi, gegenübertreten. Dieser war sehr verärgert, daß sein Sohn die Verweisung von der Schule und damit das Ende einer großen Laufbahn riskiert hatte. «Wie konntest du nur?» fragte er immer wieder. «Wie konntest du nur?» Aber Tibaldos Mutter, die stets die friedensstiftende Kraft in der Familie war, besänftigte ihn: «Denk doch mal daran, welche große Ehre unser Sohn sich selbst, dir und unserer ganzen Familie mit seiner hervorragenden Rezitation vor dem Papst erwiesen hat. Ganz Bologna bewundert ihn. Mach dir nicht immer Sorgen darum, was hätte passieren können, sondern denke an das Gute, das tatsächlich passiert ist.» Also beruhigte sich Tibaldos Vater, und der Haushalt der Bondis war von Frieden und Freude erfüllt.

WAS DANACH GESCHAH

Am Tag darauf, dem 8. September, wurde Papst Gregors Zusatz zu seiner Kalenderbulle in Bologna gedruckt und Kopien davon in ganz Italien verteilt und in andere Länder geschickt. Damit war ein Sicherheitsnetz für alle Geburtstage, Jahrestage und Feste geschaffen, die sonst durch das Loch im Kalender gefallen wären. Der Oktober des Jahres 1582 wurde so ein seltsamer Monat. An dem Tag, der nach dem alten Kalender der 5., nach dem neuen aber der 15. Oktober war, wurden die Feste beider Tage gefeiert. Am nächsten Tag wurden die Feste des 6. und des 16. Oktober gefeiert. Und so ging es weiter bis zum zehnten Tag, an dem man die festlichen Anlässe des 14. und des 24. Oktober beging. Jeder Tag innerhalb dieses Zeitraums erfüllte gewissermaßen eine doppelte Funktion. Die Bäckereien und Süßigkeitenläden, die Weingeschäfte, Schlachtereien und Spielzeugläden hatten viel mehr zu tun als sonst. So kam es, daß die Umstellungsphase, in der nach dem neuen Kalender zehn Tage übersprungen wurden, eine Zeit der Freude und nicht der Unzufriedenheit war. Die

zusätzliche Anordnung des Papstes in Bologna war genau das, was benötigt wurde, um die gefährdeten Feiern zu retten. Und das war Tibaldos Verdienst – er wurde als Held gefeiert.

An seinem Geburtstag, dem 10. Oktober nach der alten, aber dem 20. Oktober nach der neuen Zeitrechnung, war Tibaldo zu Hause. Seine Mutter bereitete ein noch außergewöhnlicheres und köstlicheres Festmahl als bei einem normalen Geburtstag. Sein Vater brachte ihm als Geschenk ein Fläschchen mit einem neuen Präparat aus der Medizinischen Fakultät mit. Wir können uns denken, was es war. Es machte Tibaldos Glück perfekt.

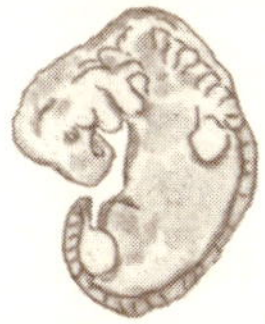

In allen katholischen Ländern, in denen Papst Gregor die Macht hatte, seinen neuen Kalender durchzusetzen, herrschte allgemeine Zufriedenheit. In den protestantischen Staaten dagegen widersetzte man sich der Umstellung, weil sie von einem vom

Papst eingesetzten Komitee vorgeschlagen und vom Papst selbst proklamiert worden war. Aber schließlich wurden die Mängel des alten Julianischen Kalenders in der ganzen Welt erkannt. In Großbritannien und den britischen Kolonien in Amerika zum Beispiel wurden die Veränderungen 1752 eingeführt – zu diesem Zeitpunkt mußten bereits elf Tage übersprungen werden. In Rußland stellte man den Kalender erst 1919 um, wodurch 13 Tage wegfielen. Das führte zu dem seltsamen Umstand, daß die Revolution der Bolschewiki im Herbst 1917 manchmal – nach dem Julianischen Kalender – «Oktoberrevolution» genannt wird, manchmal aber auch – nach dem Gregorianischen Kalender – «Novemberrevolution».

Tibaldo erlebte nie wieder etwas so Ungewöhnliches wie sein Gespräch mit Papst Gregor, aber er hatte trotzdem ein sehr interessantes Leben. Fünf Jahre nach seinem großen Abenteuer schloß er die Schule Heiligen-Joseph-im-Winkel ab und begann mit Hilfe von Professor Turisanus das Studium an der Medizinischen Fakultät der Universität Bologna. Seine Studienjahre waren hart und begeisterten ihn keineswegs, denn er mußte sich zahlreiche Vorlesungen über medizinischen Aberglauben, Astrologie und die angeblich heilbringenden Eigenschaften von Hunderten von ekelhaften Substanzen anhören. Aber Tibaldo war hartnäckig. Er wußte, daß sein Studium zum größten Teil nur ein Hindernis war, das er überwinden mußte, um Arzt werden zu können. Er versuchte, sich aus dem Lehrstoff selbständig das auszusuchen, was ihm für seine zukünftige Arbeit am vielversprechendsten erschien. Er hielt die Augen offen und erlernte die Fähigkeiten seines Vaters, und er gedachte seiner Schwester Anna Maria, die ihm geraten hatte, die Wirkungsweise der Therapien durch Beobachtung zu erforschen. So lernte er mehr aus Erfahrung als aus Büchern und Vorlesungen. Er stellte viele Fragen und zweifelte die Autoritäten an. Doch er hütete sich, öffentlich zu sagen, daß die anerkannten Autoritäten häufig keine Ahnung hatten, wovon sie sprachen. Andernfalls wäre er vielleicht von der Medizinischen Fakultät ausgeschlossen worden und hätte nicht Arzt werden können. In einer Zeit des Aberglaubens und der Autoritätshörigkeit hatte es ein junger Mann mit einem kritischen Verstand nicht leicht.

Nachdem Tibaldo seinen Doktorgrad erworben hatte, wurde er zum Nachfolger von Professor Turisanus ernannt. Er war dem alten Mann trotz aller Zweifel an dessen Erkenntnissen dankbar, daß er für seine Ausbildung aufgekommen war, und er gestattete ihm, ihn als seinen Sohn zu betrachten. Am meisten aber lernte Tibaldo von seinem Vater Lorenzo, seiner Schwester Anna Maria und den beiden Lehrern an seiner ehemaligen Schule, Meister Demetrios und Meister Vittorio. In seiner neuen Stellung war es Tibaldo (oder Professor Bondi, wie wir ihn jetzt vielleicht nennen sollten) freigestellt, eigene medizinische Ideen zu erproben. Teilweise hatte er sie von anderen gelernt, teilweise aber auch über die Jahre selbst entwickelt. Er glaubte fest daran, daß der menschliche Körper größere Selbstheilungskräfte hat, als die meisten Mediziner zugeben mochten. Daher war es am wichtigsten, daß er als Arzt die natürlichen Heilkräfte des Körpers unterstützte und sie nicht durch unnötige Eingriffe schwächte. Er zitierte gerne den Rat, den der große Hippokrates seinen Kollegen fast zweitausend Jahre zuvor gegeben hatte: «Hütet euch vor allem davor, Schaden anzurichten.»

Aus diesem Grunde ließ er seine Patienten selbst bei hohem Fieber nicht durch Einschnitte in die Venen oder mit Blutegeln zur Ader, weil er beobachtet hatte, daß sie das noch mehr schwächte. Er gab auch keine Brechmittel, wenn er keine eindeutigen Hinweise darauf hatte, daß der Patient etwas Giftiges geschluckt hatte, denn verlängertes Erbrechen entzog dem Körper Wasser und führte zur Erschöpfung. Einläufe lehnte er ab, wenn der Darm des Patienten nicht eindeutig blockiert war. Professor Bondi unterließ es, Wunden durch Auflegen von heißen Eisen zu reinigen, und versuchte, auch andere Ärzte zu bewegen, statt dessen frische Verbände zu benutzen. Die Patienten sollten es mit Kissen, warmen Decken und guter Ernährung so bequem wie möglich haben, und er ermutigte sie, fröhlich und optimistisch zu sein. Manche Ärzte in Bologna neideten ihm seine Erfolge und sagten: «Dr. Bondi tut nichts, und dann rechnet er es sich als Verdienst an, wenn seine Patienten von selbst genesen.» Zu solchen Gerüchten meinte Tibaldo nur: «So sollte es auch sein. Der Chirurg Ambroise Paré hatte ganz recht, als er sagte: ‹Ich verbinde die Wunden nur, Gott heilt sie.›»

Seine Studenten unterrichtete Tibaldo nicht in den Hörsälen der Medizinischen Fakultät. Er ging mit ihnen ins Krankenhaus von Bologna, damit sie Patienten in den unterschiedlichen Stadien der Krankheit sahen. So lernten sie die Symptome der verschiedenen Krankheiten, die Wirkungen unterschiedlicher Behandlungsweisen und die normale Genesungsrate aus eigener Anschauung kennen. Im Krankenzimmer konnte Tibaldo ihnen zeigen, welche Vorkehrungen getroffen werden mußten, damit kein Schmutz in den Körper des Patienten gelangte: Verbände und Instrumente waren auszukochen und Wasser und Nahrungsmittel vor indirektem Kontakt mit den Exkreten anderer Patienten zu schützen. Ärzte und Pflegepersonal mußten sich vor jeder Behandlung gründlich die Hände waschen. Er sagte zu seinen Studenten: «Manchmal kann man nichts tun, um einen Men-

schen von einer Krankheit zu heilen, aber wir können zumindest verhindern, daß sie sich auf andere überträgt.»

Tibaldo grübelte häufig über Anna Marias Bemerkung nach, die gelehrten Professoren an der Universität könnten vielleicht erklären, warum Schmutz ein Neugeborenes und seine Mutter in Gefahr brachte. In seiner Zeit als Student hatte er nie eine überzeugende Erklärung gehört. Allerdings las er mit großem Interesse die Theorie von Doktor Girolamo Fracastoro aus Verona, nach der viele Krankheiten durch den Eintritt winziger Partikel in den Körper verursacht werden. Manche von ihnen sind lebende Wesen und können sich vermehren.

Eines Tages erfuhr Tibaldo von der Erfindung eines Instruments, das aus mehreren Linsen zusammengebaut war und mit dem man sehr kleine Objekte sichtbar machen konnte. Er ließ sich

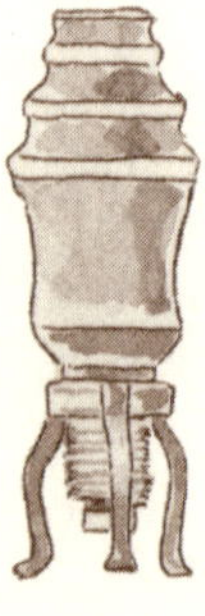

von einem Linsenschleifer ein solches Gerät – man nannte es Mikroskop – anfertigen, um damit Doktor Fracastoros winzige Organismen zu suchen. Zu seiner großen Enttäuschung sah er aber nie mehr als kleine Staubkörnchen, die sich ganz und gar nicht wie Lebewesen verhielten. Erst 1680, achtzehn Jahre nach Tibaldos Tod, beschrieb der holländische Naturforscher Anton van Leeuwenhoek Bakterien, die er mit einem weit leistungsfähigeren Mikroskop betrachtet hatte, als dies Tibaldo möglich war. Tibaldo hatte nicht nur als Junge so manchen Tick, sondern auch als Erwachsener. Einer von ihnen war das Mikroskop. Das war jedoch ein ganz vernünftiger Tick, und bald hatte er auch seine Kollegen an der Universität Bologna damit angesteckt. Eine Folge davon war, daß er kurz vor seinem Lebensende Gelegenheit hatte, einer begeisternden Vorführung beizuwohnen, bei der man sah, wie das

Blut durch die lebenden Kapillaren der Schwimmhaut eines Frosches strömte. Das hatte der junge Professor Marcello Malpighi aus Bologna mit Hilfe eines Mikroskops entdeckt.

Zu Tibaldos Lebzeiten geschahen noch andere wichtige Dinge. So wurde 1607 ein Komet gesichtet, der im Laufe mehrerer Wochen immer heller wurde, bis er abgesehen vom Mond das hellste Objekt am Nachthimmel war. Und nach einer Weile entwickelte er einen leuchtenden Schweif, der länger war als der Monddurchmesser. Tibaldo hatte nach seinem Unterricht bei Meister Vittorio Rhaeticus sein Interesse an der Astronomie nicht verloren, und er ging häufig nachts aus dem Haus, um den Kometen zu beobachten. Eines Tages entdeckte er die Ankündigung eines Vortrags über den Kometen von einem gewissen Sebastiano Tramontano, einem Astronomen an der Universität Bologna. Er wollte unter freiem Himmel demonstrieren, wie man die Position des Kometen mit einem Instrument, dem Astrolabium, so genau mißt, daß man seine Bahn über den Sternenhimmel über einen längeren Zeitraum verfolgen kann.

Tibaldo kam zur angegebenen Stunde auf eine Wiese außerhalb der Stadtmauern und schloß sich einer Gruppe von Menschen an, die wie er auf den Kometen und die Techniken zu seiner Beobachtung neugierig waren. Der Vortrag war sehr lehrreich. Tibaldo interessierte sich vor allem für die Theorie, daß der Kometenschweif durch Sonnenlicht hervorgerufen wurde, das die kleineren Partikel des Kometen in eine von der Sonne abgewandte Richtung bläst. Nach einer Weile bemerkte er, daß der Assistent, der das Astrolabium bediente und Zahlen in ein Notizbuch schrieb, eine junge Frau war. Tibaldo fand den Kometen zwar faszinierend, aber die Assistentin mußte die schönste astronomische Erscheinung sein, die er je gesehen hatte. Später

fand er heraus, daß sie Elisabetta Tramontano hieß und die Tochter und beste Schülerin des Astronomen war. Tibaldo kam mehrere Nächte hintereinander wieder, um die Positionsverschiebungen des Kometen und die Veränderungen seines Schweifs zu sehen – aber auch aus anderen Gründen. Er fühlte sich sehr zu der jungen Frau hingezogen, und als sie ihn bemerkte, erging es ihr ebenso. Ein paar Monate später heirateten die beiden. Tibaldo und Elisabetta sahen sich auch dann noch die Himmelskörper an, als sie geheiratet und Kinder bekommen hatten. Ein großer Anlaß war ihr vierter Hochzeitstag im Jahre 1611, als Tibaldo Elisabetta ein Teleskop schenkte, das er nach dem Entwurf von Galileos bahnbrechendem astronomischen Teleskop von 1610 hatte anfertigen lassen. Tibaldo hatte also seine Leidenschaft für Geburts- und Jahrestage nie verloren. Zur Aufbewahrung des Geräts wurde auf dem Dach der Medizinischen Fakultät ein kleiner Verschlag gebaut, so daß Tibaldo und Elisabetta es stets benutzen konnten – von dort aus hatten sie einen guten Blick auf den größten Teil des Himmels.

Sie sahen wunderbare Dinge, zum Beispiel die vier Monde des Jupiter, die Phasen der Venus, die Berge und Krater auf dem Mond sowie ein seltsames Band um den Äquator des Saturn, das weit über die Oberfläche des Planeten hinausreichte. Noch viele Jahre später sagten sie: «Unsere eigentlichen Eheringe waren die Ringe des Saturn.» Wie Professor Turisanus bekamen Tibaldo und Elisabetta ausschließlich Mädchen. Aber im Gegensatz zu ihm betrauerten sie diesen Umstand nicht. Entgegen den Gepflogenheiten ihrer Zeit gaben sie allen drei Töchtern eine Berufsausbildung.

Die älteste wurde nach Tibaldos großer Schwester Anna Maria benannt. Sie ging bei ihrer Tante in die Lehre und wurde später eine fachkundige Hebamme.

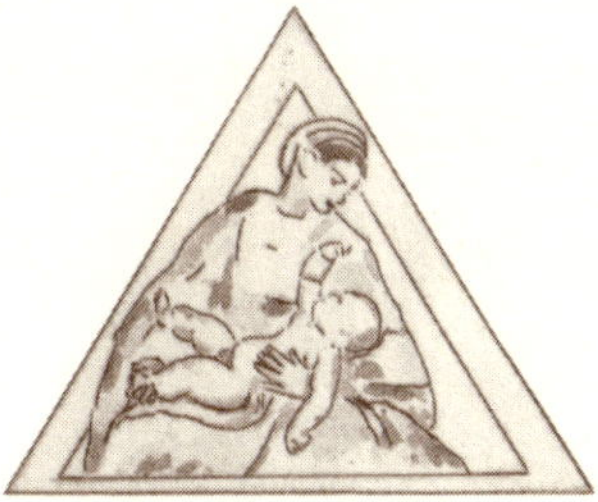

Die zweite Tochter, Aureliana, teilte die Leidenschaft ihrer Mutter für die Astronomie und ihre wunderbaren Rechenkünste, und sie wurde zur Astronomin ausgebildet.

Die jüngste Tochter schließlich wurde auf den Namen von Tibaldos Mutter Teresa getauft. Sie war die erste Frau, die an der Universität Bologna den Doktorgrad der Medizin erwarb.

In vieler Hinsicht hatte ein neues Zeitalter begonnen. Doch eine große Tradition wurde in der Familie Bondi aufrechterhalten – die Geburtstagsfeier. Keine der drei Töchter mußte je auf einen Geburtstag verzichten, und an jedem wurden sie wie eine Königin behandelt.

Bei diesen Anlässen ließ sich Tibaldo manchmal von seinen Töchtern überreden, davon zu erzählen, wie er einmal fast seinen zwölften Geburtstag verloren hätte und es am Ende doch geschafft hatte, ihn zurückzubekommen.

Tibaldo und Elisabetta hatten ein langes Leben, aber schließlich wurden auch sie krank und gebrechlich. Trotzdem erklommen sie noch fast bis zum Schluß die gewundene Treppe

der Medizinischen Fakultät, holten das Teleskop aus dem Verschlag und beobachteten die Objekte am Nachthimmel. Sie pflegten zu sagen:

Der Blick auf die große Welt nimmt die Gedanken an die Sorgen unserer kleinen Welt hinweg.

Noch mehr Astronomie

Zwei Vorlesungen von Meister Vittorio

Meister Vittorios Großvater, Georg Joachim Rhaeticus, half seinem Lehrer Kopernikus beim Verfassen seines großartigen Werkes *Über die Kreisbewegungen der Weltkörper*. Vittorio hatte das Buch von seinem Großvater geerbt und viele Male gelesen. Nicht alle von Kopernikus dargestellten Einzelheiten hatten ihn überzeugt, und er dachte sehr intensiv darüber nach, wie man sie verbessern könnte. Doch die beiden Grundideen des Astronomen, daß die Erde sich an einem Tag um ihre eigene Achse dreht und innerhalb eines Jahres einmal um die Sonne kreist, hielt er auf jeden Fall für korrekt. Die folgenden beiden Vorlesungen – über die Jahreszeiten und über die Sterne, wie sie sich dem Beobachter von unterschiedlichen Standorten auf der Erde aus darstellen – beruhten auf den beiden Thesen von Kopernikus. Meister Vittorio hütete sich allerdings, dessen Namen an der Schule Heiligen-Joseph-im-Winkel zu erwähnen. Später werden wir dazu kommen, wie er den Einwänden begegnete, die einige Wissenschaftler gegen Kopernikus' Theorien vorgebracht hatten. Zum Teil waren seine Erwiderungen nur Vermutungen, die mit den zu seiner Lebenszeit vorliegenden Daten nicht bewiesen werden konnten. Sie waren jedoch sehr hellsichtig, und spätere astronomische Entdeckungen zeigten, daß sie im großen und ganzen zutrafen.

Einmal jährlich, fast so regelmäßig wie die Wintersonnenwende, hielt Meister Vittorio eine Vorlesung über den Jahreszeitenzyklus. Meistens fand diese um die Zeit der Wintersonnenwende statt, wenn das kalte Wetter und die langen Nächte seine Schüler über die Ursache der Jahreszeiten rätseln ließen. Warum sollte die eine Position der Erde in ihrer Umlaufbahn um die Sonne auf der Nordhalbkugel den Frühling auslösen, eine andere Position den Sommer, wieder eine andere den Herbst und eine weitere schließlich den Winter? Manche Schüler vermuteten, daß der Planet nicht das ganze Jahr über den gleichen Abstand von der Sonne hat, die die Erde stärker erwärmt, wenn sie ihr näher ist, als wenn sie weiter entfernt ist. Aber das konnte nicht stimmen. Aus Reiseberichten des 16. Jahrhunderts wußte man bereits, daß die Sommermonate auf der Nordhalbkugel den Wintermonaten auf der Südhalbkugel entsprechen und umgekehrt.

Wenn aber der Winter in der nördlichen Hemisphäre auf den größeren Abstand der Erde von der Sonne zurückzuführen wäre, wie konnte man dann den Sommer in Südafrika und an der Südspitze Südamerikas erklären? Meister Vittorio gab ihnen eine weit bessere Erläuterung. Die Drehachse der Erde, erklärte er, steht nicht im rechten Winkel zu der Ebene, auf der sich die Erde um die Sonne dreht. Die Erdachse ist im Verhältnis zu dieser Ebene um einen Winkel von ungefähr 23,5 Grad geneigt. Zudem bleibt die Ausrichtung dieser Achse zu den Sternen, wie Abbildung 1 zeigt, das ganze Jahr über nahezu gleich. Meister Vittorio hatte für diese Tatsache keine gute Erklärung und war auch mit der etwas umständlichen Herleitung durch Kopernikus nicht zufrieden – sie beide hatten jedoch richtig vermutet, daß die Neigungsrichtung konstant bleibt.

Die Abbildung zeigt bei Position A den Standort der Erde um den 21. Dezember herum. Zu diesem Zeitpunkt ist der Nordpol

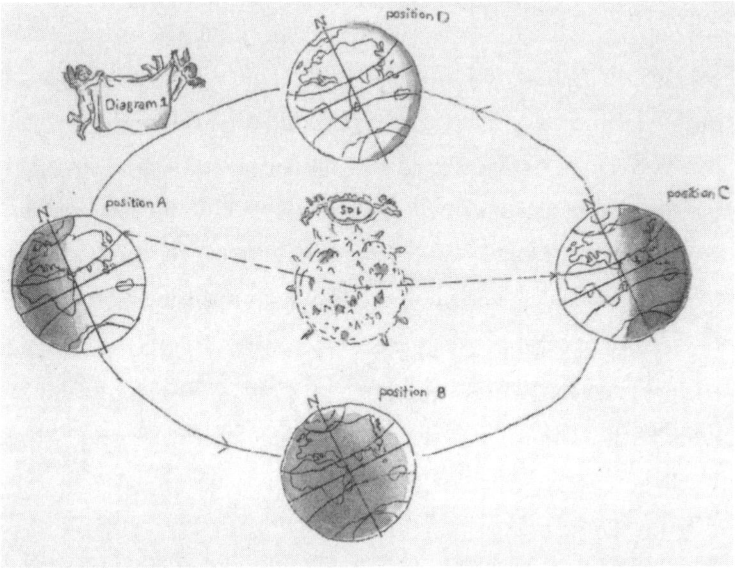

von der Sonne weggeneigt, der Südpol hingegen der Sonne zugeneigt. Deshalb bekommt ersterer 24 Stunden am Tag kein Sonnenlicht, während die Sonne am Südpol den ganzen Tag scheint. Man kann sogar sagen, daß innerhalb dieser 24 Stunden das Sonnenlicht keinen Punkt zwischen dem Nordpol und 23,5 Grad nördlicher Breite erreicht. Der Kreis, der dieses Gebiet abgrenzt, wird nördlicher Polarkreis genannt. Demgegenüber wird jeder Punkt zwischen 23,5 Grad südlicher Breite und dem Südpol (also jeder Punkt innerhalb des südlichen Polarkreises) während der gesamten 24 Stunden beleuchtet. Und was ist über die Erdoberfläche auf der Nordhalbkugel zu sagen, die südlich des Polarkreises liegt? Dieses Gebiet wird weniger als zwölf Stunden täglich von der Sonne beschienen. Dabei ist die Tageslichtdauer um so kürzer und die Nacht um so länger, je näher der betreffende Punkt am nördlichen Polarkreis liegt. Auf der Südhalbkugel ist es umgekehrt – auf der gesamten Hemisphäre ist der Tag länger als die Nacht. Je weiter man nach Süden kommt, um so länger scheint die Sonne, bis hin zum südlichen Polarkreis, wo sie in dieser Jahreszeit niemals untergeht. Daher ist Position A auf der Nordhalbkugel ein Wintertag und auf der Südhalbkugel ein Sommertag. Diese Position bedeutet für die nördliche Hemisphäre den Tag mit der kürzesten Sonnenscheindauer, für die Südhalbkugel dagegen den Tag mit der längsten Sonnenscheindauer, also die *Sommersonnenwende*.

Um den 21. Juni herum erreicht die Erde Position C. Hier ist der Nordpol der Sonne zugeneigt und der Südpol von der Sonne weggeneigt. Mit derselben Logik wie oben kommen wir zu dem Ergebnis, daß bei dieser Erdposition auf der Nordhalbkugel die Sommersonnenwende erreicht ist, auf der Südhalbkugel dagegen die Wintersonnenwende. Meister Vittorio betonte, daß die Richtung der Erdachsneigung im Verhältnis zu den Sternen an Position A dieselbe ist wie an Position C. Ebendiese *konstante* Neigung der Erdachse und die *wechselnde* Position der Erde zur Sonne zu verschiedenen Zeitpunkten im Jahr sind es, die für die unterschiedliche Beleuchtung der nördlichen und südlichen Hemisphäre sorgen. Im Dezember wird der Süden stärker von der Sonne erwärmt als der Norden, und zwar nicht nur, weil die Südhalbkugel mehr Sonnenscheinstunden hat, sondern weil das Licht dort in einem direkteren Winkel einfällt. In ähnlicher Weise wird die Nordhalbkugel im Juni stärker erwärmt als die Südhalbkugel.

Die Positionen B und D befinden sich genau zwischen den Positionen A und C. Hier ist weder der Nord- noch der Südpol der Sonne zugeneigt, und weder in der nördlichen noch in der südlichen Hemisphäre ist der Tag länger als die Nacht. Diese Positionen entsprechen dem Frühlings- und dem Herbstäquinoktium, an denen fast überall auf der Erde Tag und Nacht gleich sind. Sehr nahe am Nord- und Südpol könnte man jedoch nicht korrekterweise sagen, daß es zwölf Stunden Tageslicht und zwölf Stunden Dunkelheit gibt. In Wirklichkeit passiert etwas sehr Seltsames. Ein Beobachter an einem der Pole würde sehen, daß die halbe Sonnenscheibe innerhalb von vierundzwanzig Stunden um den gesamten Horizont wandert, während ihre andere Hälfte unsichtbar bleibt. Das heißt, daß es eigentlich die ganze Zeit über weder Tag noch Nacht ist. Natürlich hatte im 16. Jahrhundert noch niemand dieses Phänomen beobachtet, weil die Entdecker erst Anfang des 20. Jahrhunderts die Pole erreichten. Gute Astronomen wie Meister Vittorio wußten jedoch, was jemand sehen würde, der an einem klaren Tag am Nord- oder Südpol war und die Zeit hätte, 24 Stunden lang den Horizont zu beobachten.

Eine weitere Vorlesung von Meister Vittorio erklärte den Anblick der Sterne am Himmel an verschiedenen Längengraden und zu unterschiedlichen Zeitpunkten im Jahr. Man stelle sich vor, daß die Rotationsachse der Erde bis zum Himmel verlängert wird. Der imaginäre Punkt, an dem sie den Himmel über dem Nordpol erreichen würde, heißt *nördlicher Himmelspol*, der über dem Südpol *südlicher Himmelspol*. Sehr nahe dem nördlichen Himmelspol befindet sich ein Stern, *Nordstern* oder *Polarstern* genannt, der sich während der Nacht kaum bewegt. Eine imaginäre Ebene durch den irdischen Äquator würde den Himmel in einem Kreis schneiden, der als *Himmelsäquator* bezeichnet wird. Ein am Nordpol stehender Beobachter sieht alle Sterne am Himmel, die nördlich des Himmelsäquators liegen (natürlich nur bei klarem Himmel und wenn die Sonne nicht scheint). Als Auswirkung der täglichen Erddrehung scheint jeder sichtbare Stern innerhalb eines Tages am Himmel einen Kreis zu beschreiben. Diese Kreisbahn ist im Verhältnis zum Himmelsäquator nicht geneigt, weshalb der Stern während seines Umlaufs die ganze Zeit in derselben Höhe über dem Horizont steht, also weder auf- noch untergeht.

Dieses Phänomen wird in Abbildung 2a dargestellt. Wie jedermann wissen sollte, gibt es am Nordpol beinahe sechs Monate Tageslicht, während die Sonne über dem Horizont steht, und beinahe sechs Monate Nacht, wenn die Sonne unterhalb des Horizonts steht. Zweimal im Jahr, während einer Übergangsphase von rund zweieinhalb Tagen, steht die Sonne zum Teil über und zum Teil unter dem Horizont. Die Sterne mit ihren Kreisbahnen sind nur während der Polarnacht zu sehen. Am Südpol hat man eine ähnliche Sicht auf die Sterne, nur daß dort ausschließlich die Sterne südlich des Himmelsäquators sichtbar sind, wie Abbildung 2b zeigt.

Vom Erdäquator aus sieht man den nördlichen Himmelspol an einem Punkt am nördlichen Horizont, den südlichen dagegen an einem Punkt am südlichen Horizont. Da sich die Erde um ihre eigene Achse dreht, scheint sich der Himmel um eine Achse zwischen zwei gegenüberliegenden Punkten am Horizont zu drehen. Jeder Stern ist einen halben Tag lang über und einen halben Tag lang unter dem Horizont, wie Abbildung 2c zeigt. Die Himmelsbahn eines Sterns beschreibt dabei einen Halbkreis, der senkrecht auf der durch den Horizont vorgestellten Ebene steht, aber der Stern ist nur sichtbar, während er über dem Horizont steht und die Sonne nicht scheint.

An den Punkten der Erdoberfläche, die zwischen dem Äquator und den Polen liegen, ist die Situation recht kompliziert, wie in Abbildung 2d dargestellt ist. Für einen Beobachter auf der

Nordhalbkugel sinken die Sterne, die dem Polarstern recht nah sind, niemals unter den Horizont, sondern kreisen gewissermaßen am Himmel mit dem Polarstern (oder genauer: dem nördlichen Himmelspol) als Mittelpunkt. Die Sterne, die dem südlichen Himmelspol recht nahe sind, erreichen hingegen niemals den Horizont eines Beobachters auf der Nordhalbkugel. Andere Sterne steigen für einen Teil des Tages über den Horizont und sinken für den Rest des Tages darunter. Natürlich sind auch die Himmelskörper oberhalb des Horizonts nur bei Abwesenheit von Sonnenlicht zu sehen.

Die genaue Bedeutung der Formulierung «recht nahe» ist abhängig vom Breitengrad – je näher der Beobachter dem Nordpol ist, um so größer ist das Gebiet rund um den Polarstern, in dem die Sterne niemals untergehen.

Die scheinbaren Bahnen der sichtbaren Sterne sind entweder vollständige Kreise oder Teile von Kreisbögen – je näher der Stern dem Polarstern ist, um so größer wird der Kreisbogen. Für einen Beobachter an einem bestimmten Punkt der Erdoberfläche stehen alle Kreisbögen der Sterne im selben Winkel zum Horizont. Dasselbe gilt für einen Beobachter auf der Südhalbkugel, nur daß hier die Nähe der Sterne zum südlichen Himmelspol entscheidend ist.

In Bologna, das fast genau auf halbem Weg zwischen dem Äquator und dem Nordpol liegt, sinkt die Konstellation des Großen Bären niemals unter den Horizont, sondern umkreist den Polarstern. Seine Laufbahn kann als Zeitmesser verwendet werden. Nehmen wir an, der Anfangszeitpunkt sei gegeben, wenn die Achse des Großen Wagens genau nach Westen zeigt. In diesem Fall hat sich die Erde genau dann einmal gedreht, wenn die Achse wieder nach Westen ausgerichtet ist. Diese Zeitspanne wird *Sterntag* genannt. Bemerkenswerterweise ist ein Sterntag nicht genau so lang wie ein Sonnentag. Letzterer bezeichnet die Zeitspanne zwischen zwei aufeinanderfolgenden Mittagen, wobei als Mittag der Zeitpunkt gilt, an dem die Sonne ihren höchsten Stand erreicht hat. Der Sonnentag ist etwa vier Minuten länger als der Sterntag. Meister Vittorio konnte diese Differenz mit Hilfe von Kopernikus' Theorie auf einfache Weise erklären. Aufgrund der Erddrehung scheint es so, als würde sich der Sternenhimmel täglich von Osten nach Westen drehen.

Die Drehung der Erde um die Sonne führt dazu, daß sich die Sonne scheinbar innerhalb eines Jahres in östlicher Richtung entlang der Eklipse bewegt. Da ein Kreis 360 Grad hat, scheint sich die Sonne um etwas weniger als ein Grad pro Tag über den Sternenhimmel nach Osten zu bewegen. (Für diese Rechnung ist es unerheblich, ob man von einem Sonnentag oder einem Sternentag ausgeht.) Wenn also ab einem bestimmten Mittagszeitpunkt ein Sterntag vergangen ist, befindet sich die Sonne etwa ein Grad östlich der Position ihres nächsten Höchststands. Nun ist aber ein Grad auf dem Kreisbogen ein Dreihundertsechzigstel des vollständigen Kreises, und ein Dreihundertsechzigstel von vierundzwanzig Stunden sind vier Minuten. Deshalb braucht die Sonne vier Minuten länger als einen Sterntag, um ihren Kreis von einem Mittag zum nächsten zu vollenden.

MEISTER VITTORIOS ANTWORT AUF DIE KRITIK AN KOPERNIKUS

Meister Vittorio verehrte Kopernikus mehr als jeden anderen Astronomen. Er wußte aber auch, daß nicht jede Kritik an seiner Theorie lediglich ein gedankenloses Wiederkäuen uralter wissenschaftlicher Positionen oder frommer Bibelzitate war. Er grübelte ständig über diese Kritikpunkte nach und versuchte, sie zu entkräften oder, falls das nicht möglich war, die kopernikanische Theorie entsprechend zu modifizieren.

Ein ernstzunehmender Einwand wurde eine Generation nach Kopernikus' Tod von Tycho Brahe erhoben. Dieser dänische Astronom war der sorgfältigste, genaueste und gründlichste Sammler astronomischer Daten, den es je gegeben hatte. Tycho vertrat die Ansicht, daß die kopernikanische Theorie der Erddrehung um die Sonne Konsequenzen hat, die den astronomischen Fakten widersprachen. Ein solches Faktum war zum Beispiel die Tatsache, daß man bestimmte Winkelveränderungen am Himmel nicht sehen konnte, die aber sichtbar sein mußten, falls die Erde sich um die Sonne drehte und bestimmte andere Annahmen zutrafen. Tycho befaßte sich vor allem mit der Position der Polaris zu drei verschiedenen Zeiten: der Herbsttagundnachtgleiche, der Wintersonnenwende und der Frühlingstagundnachtgleiche. Stünde der Polarstern genau am nördlichen Himmelspol, würde sich seine Position am Himmel im Laufe der Nacht nicht ändern, da die Himmelskugel ja um die Achse durch den nördlichen und den südlichen Himmelspol zu rotieren scheint. Da jedoch die Polaris ein Stück vom nördlichen Himmelspol entfernt liegt, scheint sie sich im Laufe der Nacht in einem kleinen Kreisbogen um den Pol zu bewegen. Ihre Höhe (also ihr Winkel über dem Horizont) verändert sich deshalb nicht. In der Annahme, daß die Sterne sich in einem Gewölbe befinden, das nicht viel weiter von der Erde entfernt ist als der Saturn, konnte Tycho ausrechnen, daß sich die höchste Position der Polaris zwischen zwei der genannten Zeitpunkte um mehrere Minuten verändern könnte – wobei eine Minute ein Sechzigstel eines Grades ist. Das gleiche gilt für den niedrigsten Punkt. Die beobachteten Höchststände in der Nacht des Herbstäquinoktiums und der Wintersonnenwende betrugen jeweils 58 Grad 51 Minuten, und die niedrigsten Positionen in der Nacht der Wintersonnenwende und des Frühjahrsäquinoktiums jeweils 52 Grad 59 Minuten. Offenbar veränderte sich weder der höchste noch der niedrigste Stand des Sterns. Tycho hätte nur ungern zugegeben, daß die Sterne vielleicht erheblich weiter von der Erde entfernt sein könnten als der Saturn. Das hätte auf ein ungeheures Volumen an verschwendetem Raum verwiesen und damit unzulässige Zweifel an der Weisheit Gottes bei der Schöpfung des Universums geweckt. Deshalb kam er zu dem Schluß, daß Kopernikus sich mit seiner Vermutung, die Erde drehe sich in einer Umlaufbahn um die Sonne, geirrt haben mußte.

Nun hatte aber Kopernikus schon vor Tychos Geburt eine Antwort auf diesen Einwand. Eigentlich hatte sogar der griechische Astronom Aristarchos von Samos schon um 300 vor Christus die Antwort gegeben. Sie liegt darin, daß die Sterne weit jenseits des Saturn liegen, sogar so weit, daß die Winkelverschiebung zwischen zwei Sternen aufgrund der Erddrehung mit Instrumenten, die Aristarchos, Kopernikus oder sogar Tycho zur Verfügung standen, gar nicht erfaßt werden konnte. Meister Vittorio fand diese Lösung plausibel, aber sie war nicht endgültig. Zu seinen Lebzeiten hatte noch niemand beweisen können, daß die Sterne derart weit von der Erde entfernt sind. Wie hätten sich Kopernikus und Meister Vittorio wohl gefreut, wenn sie von den Entdeckungen erfahren hätten, die drei Astronomen unabhängig voneinander im Jahr 1838 machten: Friedrich Wilhelm Bessel bei der Beobachtung eines Sterns im Sternbild Schwan, Friedrich Georg Wilhelm von Struve bei der Beobachtung der Vega und Thomas Henderson bei der Beobachtung des Alpha Centauri auf der Südhalbkugel. Alle drei gingen davon aus, daß die meisten dunkleren Sterne viel weiter von der Erde entfernt sind als die hellen. Das widersprach Tychos Annahme (die Kopernikus, Aristarchos und die meisten frühen Astronomen ebenfalls vertraten), daß alle Sterne auf einer gewölbten Kuppel jenseits der Planeten liegen. Diesen Schritt hatte 1576 jedoch schon der englische Kopernikaner Thomas Digges getan. Abbildung 3 verdeutlicht die Argumentation von Bessel, Struve und Henderson. Die Punkte A und B bezeichnen zwei Positionen der Erde im Abstand von sechs Monaten, zum Beispiel im Januar und im Juli. S, S', S" et cetera sind dunklere Sterne, von denen man vernünftigerweise annehmen kann, sie seien so weit entfernt, daß ihre Positionen gleich wirken, ob man sie nun von A oder von B aus betrachtet. O ist ein heller Stern, von dem angenommen wurde, daß er der Erde sehr viel näher sei als S, S', S" und so weiter. Außerdem wurde O als Stern gewählt, der weit von der Eklipse entfernt ist. Warum? Die Eklipse ist die scheinbare Bahn der Sonne durch die Sternbilder. Läge O auf der Eklipse, könnte die Verlängerung einer Geraden von A nach B durch O verlaufen, und dann würde keine Verschiebung von O sichtbar werden, wenn sich die Erde von A nach B bewegt. Wie die Abbildung zeigt, kommt durch die Tatsache, daß O mit A und B nicht auf einer Linie liegt, eine Positionsverschiebung relativ zu den im Hintergrund liegenden Punkten S, S', S" ... zustande, während sich die Erde von A nach B bewegt. Die entscheidende Frage ist nun, ob die Verschiebung sichtbar und meßbar ist.

Im Jahr 1838 hatten sich die Instrumente und Beobachtungstechniken schon so weit verbessert, daß Bessel, Struve und Henderson tatsächlich eine Verschiebung feststellten. Sie betrug in allen drei Fällen weniger als eine Sekunde. Eine Sekunde ist ein Sechzigstel von einer Minute, eine Minute wiederum ein

Sechzigstel von einem Grad (Tycho konnte demgegenüber nur Verschiebungen von mindestens einigen Minuten feststellen). Die Verschiebungen gestatteten es den Astronomen, die Abstände der drei von ihnen untersuchten Sterne von der Erde zu messen. Am nächsten lag Alpha Centauri, dessen Abstand rund das 135 000fache des Durchmessers der Erdumlaufbahn um die Sonne beträgt. Diese Beobachtungen und Berechnungen bestätigten die Antwort, die Meister Vittorio – im Anschluß an Kopernikus und Aristarchos – Tycho gegeben hatte: daß nämlich die Sterne sehr viel weiter von der Erde entfernt sind als der äußerste der Planeten. Und die Positionsverschiebung der hellen Sterne im Verhältnis zu S, S', S'' et cetera im Hintergrund ergab einen hervorragenden Nachweis der Erddrehung.

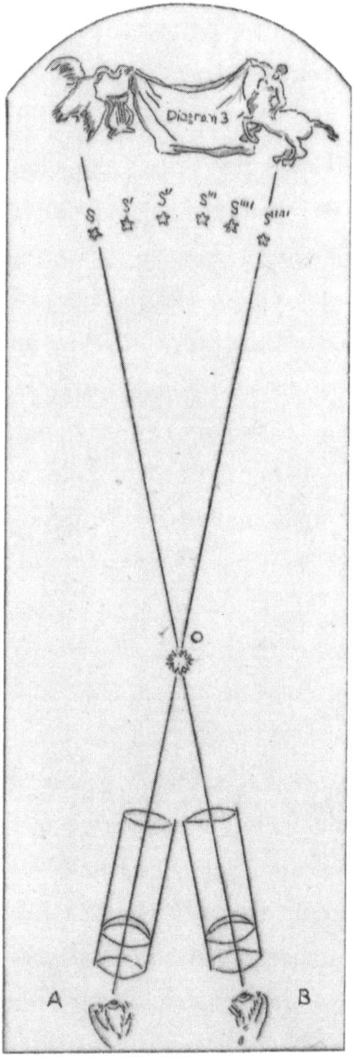

Ein weiterer Einwand gegen Kopernikus' Thesen betraf die bekannte Zentrifugalkraft: Ein an einer Schnur befestigter Stein, den man im Kreis herumschleudert, übt auf die Schnur eine Kraft aus und kann sie sogar zerreißen. Kopernikus' Kritiker brachten vor, daß bei einer Drehung der Erde Körper, die an der Erde befestigt wären, auf ihre Befestigungsmechanismen eine starke Fliehkraft ausüben müßten. Wenn sie sich losrissen, so meinten sie, würden die Körper von der Oberfläche der Erde weggerissen werden. Aus der Tatsache, daß unbefestigte Objekte in Wahrheit nicht von der Erde weggeschleudert werden, schlossen die Kritiker, daß es keine Erddrehung gibt. Meister Vittorio wies diesen Einwand mit dem Hinweis zurück, daß auch unbefestigte Körper auf der Erdoberfläche durch die Gravitation vom Erdinneren angezogen werden. Er verfügte zwar nicht über eine quantitative Gravitationstheorie, war sich aber sicher, daß die Erdanziehungskraft groß genug war, um die durch die Erddrehung ausgelöste Zentrifugalkraft auszugleichen. Die Theorie, die Vittorio sich erhoffte, wurde später von Isaac Newton in seinem 1687 veröffentlichten Werk *Mathematische Grundlagen der Naturphilosophie* geliefert. In diesem großartigen Buch formulierte Newton das Gesetz, daß die Anziehungskraft zwischen zwei Körpern proportional zum Produkt ihrer Massen und umgekehrt proportional zum Quadrat ihrer Entfernung ist. Aus diesem Gravitationsgesetz heraus ließen sich unter Anwendung allgemeiner mechanischer Prinzipien die Bewegungen des Mondes, der Planeten, der Kometen, der Meere und schließlich auch die Bewegungen fallender Körper in der Nähe der Erdoberfläche erklären. Auf Newtons Analyse der Planetenbewegungen kommen wir später zurück. An dieser Stelle genügt ein Hinweis auf das Verhältnis zwischen der Anziehungskraft, die die Erde auf einen Körper in der Nähe ihrer Oberfläche ausübt, und der Zentrifugalkraft, die auf diesen Körper einwirkt, wenn er sich mit der Erde mitdreht. Am Äquator ist die Fliehkraft am größten, weil der

Kreis, in dem sich das Objekt bewegt, hier größer ist als auf höheren Breitengraden. Aber selbst am Äquator beträgt das Gewicht des Körpers rund das 300fache der Zentrifugalkraft. Deshalb wird ein Körper, der unbefestigt auf der Oberfläche der Erde liegt und nur von der Gravitation angezogen wird, nicht durch die Fliehkraft weggeschleudert. Dies bedeutet jedoch andererseits nicht, daß die Zentrifugalkraft keine Konsequenzen hätte. Am Nordpol beträgt sie null, weil der Kreis, in dem sich der Körper durch die Erdrotation bewegt, auf einen Punkt zusammengeschrumpft ist. Deshalb dehnt ein Körper die Feder einer Waage stärker aus, wenn er am Nordpol gewogen wird, als wenn man ihn am Äquator wiegt. Ein Teil dieser Gewichtsdifferenz ist auf die Abflachung der Erde an den Polen zurückzuführen. Dadurch befindet sich der Körper dem Gravitationszentrum der Erde an den Polen näher als am Äquator. Der Großteil der Differenz beruht jedoch darauf, daß die Zentrifugalkraft am Äquator genau in die entgegengesetzte Richtung wirkt wie die Erdanziehungskraft, während der Körper am Pol keiner Zentrifugalkraft ausgesetzt ist.

Die abgeflachten Pole der Erde kann man auch als Folge der Erdrotation verstehen. Weit nach Newtons Lebzeiten sammelten Astronomen und Geologen Hinweise darauf, daß die Erdmaterie vor Milliarden von Jahren an den Polen abgeflacht war. Schon Newton hatte darauf hingewiesen, daß eine mit Flüssigkeit gefüllte, rotierende Kugel sich am Äquator ausbeulen würde.

Zudem hatte er schon in einer Zeit, als es noch keine präzisen Messungen der Erdgestalt gab, ein Argument für die Abflachung der Pole gefunden: Wäre die Erde eine vollkommene Kugel oder gar an den Polen gestreckt, würden die Meere von den Polargebieten abfließen und sich am Äquator auftürmen, so daß dort sämtliches Land mit Wasser bedeckt wäre, was offensichtlich nicht zutrifft. Es war nicht leicht, die nötigen Messungen zur Bestimmung der Erdgestalt vorzunehmen. Die besten Daten im frühen 18. Jahrhundert stammten von Jacques Cassini, und sie schienen zu zeigen, daß die Erde an den Polen gestreckt ist. Dieses Ergebnis war verwirrend, weil theoretische Überlegungen zu dem entgegengesetzten Schluß führten. Die Diskrepanz zwischen Theorie und Empirie bewegte die französische Regierung, zwei Expeditionen hochrangiger Wissenschaftler damit zu beauftragen, die Entfernung auf der Erdoberfläche, die einem Breitengrad entspricht, an zwei Stellen zu messen – in der Nähe des Äquators und im Polargebiet. Tatsächlich war die Entfernung dort größer, wie es die Hypothese der abgeflachten Pole verlangt. Als die Polarexpedition 1737 nach Paris zurückkehrte, wurde ihr Leiter, Pierre de Maupertuis, als «der große Flachmacher» bezeichnet.

Im Jahr 1851 stellte Léon Foucault einen neuen Nachweis für die Erdrotation vor, der Meister Vittorio sehr gefallen hätte. Er konstruierte ein über sechzig Meter hohes Gestell, an dem an einem Draht eine schwere Metallkugel aufgehängt wurde. Diese Kugel wurde in einer vertikalen Ebene in Schwingung versetzt. Zuerst schien sie ihre anfängliche Schwingungsebene beizubehalten, aber mit der Zeit sah man, daß diese rotierte. Bei einer stillstehenden Erde wäre dieses Phänomen nicht erklärbar, aber vor dem Hintergrund der Erdrotation wird es verständlich. In

Abbildung 4 wird der Vereinfachung halber angenommen, daß Foucaults Vorrichtung am Nordpol aufgestellt wurde. Nimmt man nun an, daß das Pendel in seiner ursprünglichen Ebene im Verhältnis zu den Sternen weiterschwingt, würde die Erdrotation unter der schwingenden Kugel dazu führen, daß sich die Schwingungsebene im Verhältnis zur Erdoberfläche mit einer gleichbleibenden Rate dreht. Da Foucault sein Pendel aber weitab von den Polen – in Paris – errichtet hatte, muß diese einfache Beschreibung der Pendelbewegung modifiziert werden. Trotzdem hat sich aber die Schwingungsebene im Verhältnis zur Erdoberfläche gedreht. Die Foucaultschen Pendel sind heute in verschiedenen Museen zu besichtigen. Doch selbst wer das Phänomen versteht, findet das Verhalten des Pendels meist doch recht seltsam. Ein bestimmter Fehler in Kopernikus' Werken beunruhigte Meister Vittorio zunehmend, als immer mehr Beobachtungsdaten – vor allem aus Tycho Brahes Observatorium – bekannt wurden. Kopernikus hatte angenommen, daß die Bewegungen der Planeten um die Sonne entweder gleichmäßige Kreisbahnen waren (gleichmäßig in dem Sinne, daß in einem bestimmten Zeitraum stets die gleiche Strecke zurückgelegt wurde) oder sich aus gleichmäßigen Kreisbahnen zusammensetzten. In seinem System mußte sich die Sonne jedoch nicht im Zentrum einer kreisförmigen Umlaufbahn befinden, was sein geometrisches Modell der Positionen der Himmelskörper flexibler machte. Bei einigen Planeten, vor allem der Venus, konnte die Position durch eine Kombination gleichmäßiger Kreisbewegungen sehr gut berechnet werden, aber bei den Planeten Mars und Merkur gelang das nicht.

Wenn Meister Vittorio gerade nicht unterrichtete, verbrachte er seine Zeit damit, sich immer kompliziertere Anordnungen sogenannter «Scheiben» auszudenken, um Kopernikus' Theorie der Kreisbewegung zu rechtfertigen. Nachdem er jahrelang vergeblich hin- und hergerechnet hatte, erfuhr er von den Erkenntnissen Johannes Keplers. Der Astronom war in Prag ein Mitarbeiter von Tycho Brahe gewesen und wurde nach dessen Tod 1601 sein Nachfolger als kaiserlicher Mathematiker am Hofe Rudolfs II. Auch er hatte die vorliegenden Daten über den Mars analysiert und dabei bemerkenswerte Erfolge erzielt. Viele Jahre lang hatte Kepler versucht, die bekannten Positionsdaten der Planeten mit verschiedenen Varianten der Theorie zu vereinbaren, daß die Erde und der Mars sich in exzentrischen Kreisen um die Sonne bewegen – wobei die Sonne allerdings nicht im Zentrum dieser Kreise steht. Sein bestes Modell bestimmte die Positionen mit einer Genauigkeit von acht Minuten oder weniger. Gemessen an den Theorien seiner Vorgänger war diese Präzision verblüffend, und sie hätte jeden Astronomen mit einem weniger hohen wissenschaftlichen Anspruch zufriedengestellt. Aber Kepler hatte den höchsten Respekt vor Tycho Brahes Daten, und es bestand Grund zu der Annahme, daß sie bis auf drei oder vier Minuten genau waren. Verzweifelt versuchte er, die Daten durch die Annahme einer ovalen Umlaufbahn des Planeten zu begründen, und entwickelte schließlich eine Theorie, die die Daten mit sehr hoher Genauigkeit vorhersagte. Ihr zufolge bewegt sich der Mars in einer elliptischen Umlaufbahn, in der die Sonne sich an einem Brennpunkt der Ellipse befindet, wie in Abbildung 5 dargestellt ist. Seine Bewegung ist nicht gleichmäßig, und der Radius von der Sonne zum Planeten überwindet nicht in gleichem Zeitraum gleiche Winkelgrade. Wie Abbildung 5 zeigt, ist die Bewegung auf andere Art gleichförmig: Die Linie von der Sonne zum Mars überstreicht in gleichem Zeitraum gleiche Flächen. Für die Berechnung der Positionen des Mars im Verhältnis

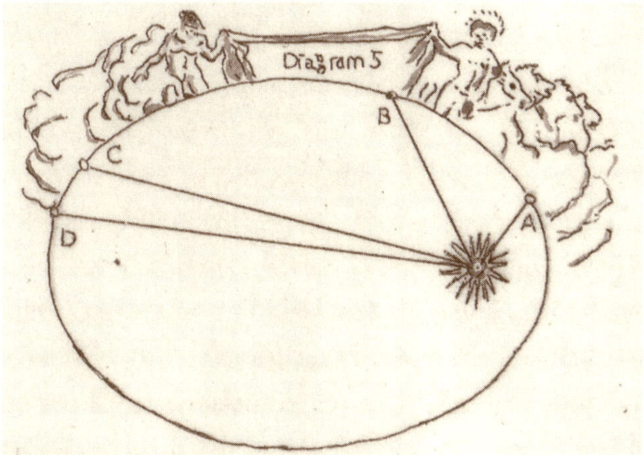

zur Erde nahm Kepler an, daß die Erdumlaufbahn ebenfalls elliptisch ist und dasselbe Gesetz von der Überstreichung gleicher Flächen im gleichen Zeitraum auch für die Erde gilt. Nur war ihre Umlaufbahn weniger gestreckt, also der Kreisform ähnlicher, als die Umlaufbahn des Mars. Keplers Erkenntnisse waren aus zwei Gründen revolutionär. Erstens befreite er die Astronomie von einer über zweitausend Jahre alten Doktrin, nach der der Kreis die natürliche Bewegungsform der Himmelskörper war. Zweitens brachte er den beobachteten Daten mehr Respekt entgegen als je ein Astronom vor ihm. Seine Leistung erscheint noch beeindruckender, wenn man sich die riesige Menge an detaillierten und komplizierten Berechnungen vergegenwärtigt, die er ohne Taschenrechner oder Computer ausführen mußte.

Niemand war von seinen Arbeiten stärker beeindruckt als Meister Vittorio, als er Keplers 1609 erschienenes Buch über die Umlaufbahn des Mars studierte. Es begeisterte ihn so, daß er nach Prag reiste, um Kepler seine Dienste anzubieten. So wie sein Großvater als Kopernikus' Assistent arbeitete, wurde er Keplers Assistent. Er half ihm bei seinen Berechnungen, mit denen der Astronom zeigte, daß auch die anderen bekannten Planeten – Merkur, Venus, Jupiter und Saturn – den beiden von ihm formulierten Theorien folgten: dem ersten Gesetz der Ellipsenbewegung mit der Sonne in einem Brennpunkt der Ellipse und dem zweiten Gesetz, nach dem in gleichem Zeitraum gleiche Flächen überstrichen werden. Meister Vittorio beteiligte sich außerdem an den Berechnungen, die zum dritten Keplerschen Gesetz führten, das das Verhältnis der Umlaufzeit eines Planeten zu seiner Entfernung von der Sonne festlegt.

Nachdem er Bologna verlassen hatte, korrespondierte Meister Vittorio gelegentlich mit Tibaldo, denn sie waren auch nach dessen Abgang von der Schule Heiligen-Joseph-im-Winkel Freunde geblieben. Der Großteil ihrer Briefe befaßte sich mit Planeten, Teleskopen und Fragen der Optik. Doch Vittorio schrieb Tibaldo auch, daß Kepler versucht hatte, die protestantischen Staaten des Heiligen Römischen Reichs zur Annahme des Gregorianischen Kalenders zu bewegen, weil er dem Julianischen so offensichtlich überlegen war. Aufgrund starker Antipathien gegen den Papst war ihm jedoch kein Erfolg vergönnt. In einem seiner Briefe bemerkte Vittorio, daß Kepler zwar der Astrologie sehr skeptisch gegenüberstand, aber trotzdem für Kaiser Rudolf II. und seine Höflinge gelegentlich Horoskope anfertigte. Er zitierte eine Aussage Keplers, daß «die Natur, die jedem Tier die Mittel zur Lebenserhaltung schenkte, dem Menschen die Astrologie als Beigabe und Verbündeten der Astronomie mitgegeben hat». Dazu schrieb Vittorio: «Ich für meinen Teil würde mich niemals mit Astrologie abgeben. Bevor ich alberne Horoskope für abergläubische Adlige erstelle, würde ich eher als Schäfer mein Auskommen fristen.» Tibaldo schrieb zurück: «Meister, Ihr solltet lieber nicht Schäfer werden. Eure Schafe würden nur in die Irre gehen, während Ihr am Himmel nach Kometen Ausschau haltet.»

Noch ein anderes Thema bereitete Meister Vittorio bis ans Ende seines Lebens Kopfzerbrechen. Er nannte es den «Osiander-Skandal». Kopernikus hatte sein Manuskript in seinem letzten Lebensjahr vollendet und war zu krank, um die Veröffentlichung zu beaufsichtigen. Also übergab er es Vittorios Großvater, Georg Joachim Rhaeticus, der seinerseits die Hilfe von Andreas Osiander in Anspruch nahm, einem lutherischen Pfarrer und Hobbyastronom. Osiander befürchtete, man könnte Kopernikus für seine revolutionären Erkenntnisse anfeinden. Deshalb schrieb er in einem Vorwort, es handele sich bei dem Buch lediglich um eine «Hypothese», mit der astronomische Berechnungen vereinfacht werden sollten. Da es anonym veröffentlicht wurde, konnte ein flüchtiger Leser leicht dem Irrtum erliegen, das Vorwort wäre von Kopernikus selbst verfaßt worden. Meister Vittorio war empört über Osianders heimlichen Versuch, Kopernikus' tiefste Überzeugungen zu verfälschen, und empfand dies als persönliche Beleidigung eines verehrten Mannes. Darüber hinaus grübelte er aber noch über der Frage: «Wie kann ich zeigen, daß Osiander unrecht hat? Schließlich läßt sich jede Bewegung, die mit Hilfe der Sonne als Fixpunkt beschreibbar ist, ebensogut mit Hilfe der Erde als Fixpunkt darstellen. Gibt es etwa unendlich viele Möglichkeiten, astronomische Daten darzustellen – ebenso wie es unendlich viele verschiedene Orte gibt, wo ein Beobachter stehen kann? Was verleiht der einen Darstellungsweise mehr Überzeugungskraft als der anderen?»

Diese Fragen konnten erst beantwortet werden, als 1687 Newtons Buch erschien. Newton erkannte, daß jede Gruppe von Körpern, deren Position zueinander sich nicht verändert, als Bezugssystem für die Beschreibung beliebiger Bewegungen in der Natur verwendet werden kann. Wo es nur um die Beschreibung geht, lassen sich beliebige Bezugssysteme verwenden. Soweit hatte Osiander recht. Aber für das Studium der *Ursachen und Wirkungen* von Bewegungen lassen sich keineswegs verschiedene Bezugs-Systeme einsetzen. Für manche von ihnen gelten die Newtonschen Bewegungsgesetze, daß erstens ein Körper in Ruhe bleibt oder sich in gerader Linie bewegt, wenn keine Kräfte auf ihn einwirken; und sich zweitens die Beschleunigung eines Körpers proportional zu der auf ihn einwirkenden Kraft verhält. Die Bezugssysteme, für die Newtons Gesetze gelten, wurden in späteren Zeiten als *Inertialsysteme* bezeichnet. Daraus folgt unmittelbar, daß jedes Inertialsystem relativ zu jedem anderen Inertialsystem in Ruhe bleibt oder sich in gerader Linie bewegt. Deshalb kann ein beschleunigtes Bezugssystem, das zum Beispiel in Relation zu einem anderen Bezugssystem rotiert, nicht selbst ein Inertialsystem sein. Nach dieser Unterscheidung zwischen beschleunigten und nicht beschleunigten Bezugssystemen können wir uns wieder Osianders Vorwort zuwenden und unsere Frage umformulieren: «Ist ein Bezugssystem, in dem die Erde in Ruhe bleibt, ein Inertialsystem? Ist ein Bezugssystem, in dem die Sonne in Ruhe bleibt, ein Inertialsystem?» Man könnte erwarten, daß Newton, der ja in der großen Tradition Kopernikus' und Keplers stand, die erste Frage mit Nein beantwortet hätte, die zweite hingegen mit Ja. Doch Newton überrascht uns, wie er auch schon die Astronomen und Physiker seiner Zeit überraschte. Er beantwortet beide Fragen mit Nein! Seine Theorie sagt uns, daß ein Bezugssystem, das sich gegenüber den weit entfernten Sternen nicht dreht und in dem das Massezentrum des Sonnensystems in Ruhe bleibt, eine ausreichende Annäherung an ein Inertialsystem darstellt. Die Erde ist natürlich in bezug auf dieses System beschleunigt, weil sie sich um die eigene Achse und noch dazu um die Sonne dreht. Aber auch die Sonne ist in bezug auf dieses System beschleunigt, denn sie wird ebenso von der Anziehungskraft der Planeten erfaßt wie diese von der Anziehungskraft der Sonne. Da aber die Sonne eine viel höhere Masse hat als alle Planeten zusammengenommen, befindet sie sich nie weit vom Massezentrum des Sonnensystems, und ihre

Beschleunigung in bezug auf das Massezentrum ist weit geringer als die typische Beschleunigung der Planeten. Deshalb ist ein Bezugssystem, das sich relativ zu den weit entfernten Sternen nicht dreht und in dem das Zentrum der Sonne in Ruhe bleibt, eine viel größere Annäherung an ein Inertialsystem als eines, in dem die Erde in Ruhe bleibt. Auf diese Weise und mit diesen Einschränkungen lieferte Newton die Antwort auf Osiander, die Meister Vittorio gesucht hatte.

Das war jedoch nur ein kleiner Teil seiner Leistung. Mit Hilfe seiner Bewegungsgesetze, dem Gravitationsgesetz und der Tatsache, daß die Masse der Sonne viel höher ist als die aller Planeten zusammen, leitete Newton die Bewegungen der Himmelskörper mathematisch ab. Er zeigte nicht nur, daß die Planeten sich sehr annähernd in elliptischen Umlaufbahnen bewegten, was Kepler bereits aus seiner Analyse der vorliegenden Daten geschlossen hatte, sondern daß bestimmte Korrekturen Keplers spätere, genauere Daten bestätigten. Er schrieb beispielsweise an den Königlichen Astronomen und fragte, ob die Bewegung des Saturn von dem Keplerschen Orbit abwich, wenn er sich in der Nähe des massereichen Jupiter befand. Nach einer sorgfältigen Prüfung stellte der königliche Astronom die vorhergesagte Abweichung tatsächlich fest.

STERNENBOTSCHAFTEN

Meister Vittorio lebte in einer für die Astronomie sehr aufregenden Zeit. 1609, als Kepler seine Entdeckung der elliptischen Umlaufbahnen von Erde und Mars publizierte, hörte Galileo Galilei, daß man in Holland ein einfaches Teleskop erfunden hatte, mit dem entfernte Objekte größer wirkten. Er begriff sogleich, daß ein solches Instrument für astronomische Beobachtungen extrem nützlich sein konnte. Galileo experimentierte daraufhin mit in Röhren befestigten Linsen, bis er ein Fernrohr konstruiert hatte, durch das der Abstand eines Objekts vom Beobachter ein Dreißigstel der tatsächlichen Entfernung zu betragen schien. Um dieselbe Zeit bauten mehrere andere Wissenschaftler unabhängig voneinander Teleskope für astronomische Zwecke, aber Galileo verwendete das neue Instrument am systematischsten und gewann mit seiner Hilfe überraschende Erkenntnisse. Er beschrieb sie in seiner 1610 erschienenen Schrift *Sidereus Nuncius* (*Die Sternenbotschaft*).

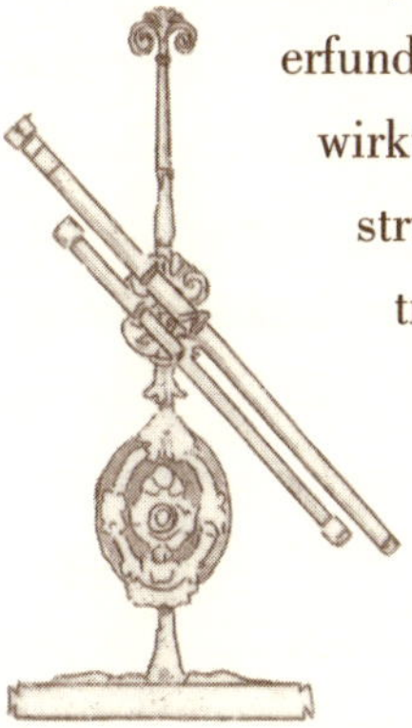

Galileo beobachtete zahllose Sterne, die mit bloßem Auge nicht sichtbar waren. Sein Teleskop zeigte ihm, daß das als Milchstraße bekannte leuchtende Band am Himmel in Wirklichkeit aus einzelnen Sternen besteht, die so zahlreich sind, daß sie zusammen den Eindruck einer ungeheuren zusammenhängenden Lichtquelle erwecken. Er wies darauf hin, daß der Mond keine perfekte, glatte Kugel ist, sondern Berge und Krater aufweist, deren Höhen und Tiefen er durch die Beobachtung von Schatten schätzen konnte. Er entdeckte vier große Trabanten, die dem Jupiter auf seiner Bahn folgen, während sie sich gleichzeitig in verschiedenen Umlaufbahnen um diesen Planeten drehen. Galileo wäre verblüfft und erfreut gewesen, wenn er gewußt hätte, daß 1996 eine Raumsonde namens «Galileo» starten würde, die in die Nähe des Jupiters flog und neben den vier von ihm entdeckten noch weitere Trabanten aus nächster Nähe erforschte.

Galileo veröffentlichte außerdem Briefe, in denen er über Flecken auf der Oberfläche der Sonne berichtete. Er gab nicht vor, ihre Natur genau zu kennen, bemerkte aber, daß sie ihre Form, Helligkeit und Größe von einem Tag zum anderen veränderten. Und obwohl sich die Flecken unregelmäßig bewegten, gab es doch genügend Übereinstimmungen für die Annahme, daß sich die Sonne um sich selbst dreht. Diese Beobachtungen schockierten eine Generation von Wissenschaftlern und Philosophen, die von alters her an den Gedanken gewöhnt war, daß die Materie der Himmelskörper sich von der der Erde unterscheidet, ja im Gegensatz zu dieser rein, unwandelbar und unvergänglich ist. Galileos konservative Gegner versuchten zu beweisen, daß seine Beobachtungen Illusionen sein mußten oder seine Schlußfolgerungen über die Unvollkommenheiten der Sonnenoberfläche falsch waren. Doch letztendlich wurden seine Entdeckungen zumindest von den Astronomen allgemein akzeptiert. Dafür hatte er unter persönlichen Schwierigkeiten zu leiden. Die Kirche verdammte ihn für seine Rechtfertigung des kopernikanischen Weltbilds, und er erblindete im Alter, wahrscheinlich weil er durch sein Teleskop direkt in die Sonne geblickt hatte.

Seit Galileos Zeiten hat die Astronomie zahllose Sternenbotschaften erhalten, von denen manche noch verblüffender waren als die des *Sidereus Nuncius*. Nachdem man nachgewiesen hatte, daß die Materie der Himmelskörper ebenso wie die irdische Materie veränderlich ist, wurden die Naturwissenschaftler natürlich neugierig, wie sie genau beschaffen war. Wegen der ungeheuren Entfernung der Sterne von der Erde schien die Antwort auf diese Frage allerdings die Grenzen des menschlichen Wissens zu übersteigen. Mitte des 19. Jahrhunderts hatte man jedoch bereits herausgefunden, daß das Sternenlicht Botschaften über die Zusammensetzung der Sterne – und über einiges andere – überträgt.

Den ersten Schritt tat 1802 William Wollaston mit seiner Beobachtung, daß im Spektrum des durch ein Prisma fallenden Sonnenlichts merkwürdige schwarze Linien zu sehen sind. Dieses Phänomen wurde 1814 von Joseph Fraunhofer genauer untersucht. Er beobachtete das gebrochene Licht mit Hilfe eines Teleskops und unterschied mehr als 750 dunkle Linien im Sonnenspektrum. 1823 entdeckte Fraunhofer außerdem dunkle Linien in den Spektren bestimmter Sterne. Die Erklärung lieferte Gustav Kirchhoff, der 1859 zwei große Entdeckungen machte: Erstens: Wenn man ein chemisches Element verdampft und soweit erhitzt, daß es eine gewisse Mindestmenge an Licht entwickelt, produziert es eine charakteristische Reihe farbiger Lichtstrahlen. Zweitens: Tritt solches Licht durch das Gas eines bestimmten chemischen Elements, dann absorbiert es dieselben Farben, die dieses Element ausstrahlen würde, wenn man es erhitzen und als Lichtquelle verwenden würde. Daher hinterläßt das Gas eines chemischen Elements durch Absorption einen charakteristischen «Fingerabdruck» in Form des ausgesendeten Lichts. Die meisten von Wollaston und Fraunhofer beobachteten dunklen Linien wurden schließlich den charakteristischen Farben der bekannten Elemente – wie Wasserstoff, Sauerstoff, Natrium und Kalzium – zugeordnet. Norman Lockyer fand später heraus, daß es im Sonnenspektrum dunkle Linien gibt, die keiner

Farbe eines bekannten Elementes entsprechen. Er vermutete, sie gehörten zu einem bis dahin unbekannten Element, das er Helium nannte (nach dem griechischen Wort *helios* für Sonne). Später wurde jedoch festgestellt, daß es Helium nicht nur in Himmelskörpern, sondern auch auf der Erde gibt.

Ein genaueres Verständnis der Linien in den Sonnen- und Sternenspektren erforderte die Berücksichtigung der Temperatur des jeweiligen Objekts. Himmelskörper, die eigenes Licht aussenden, sind in ihren inneren Schichten sehr heiß. Man hat zum Beispiel ausgerechnet, daß die Innentemperatur der Sonne um die zehn Millionen Grad Celsius betragen muß, damit der innere Druck groß genug ist, um ein Zusammenfallen durch die Gravitation zu verhindern. Bei dieser Temperatur bewegen sich die Atome so schnell, daß ihre Elektronen beim Zusammenstoß der Atome gewissermaßen weggesprengt werden. Der größte Teil des Lichts entsteht durch die Kollision der freien Elektronen mit den ionisierten Atomen. Diese Art der Lichterzeugung führt zu einem Farbkontinuum. Im Gegensatz dazu sind bei einem Laborexperiment mit gasförmigen Proben eines chemischen Elements fast

alle Atome nicht-ionisiert – das heißt, sie besitzen ihre normale Anzahl an Elektronen, weshalb sie die für das Element charakteristischen Spektrallinien produzieren. Abbildung 6a zeigt farbiges Licht, das durch ein Prisma in verschiedene Farben in ihren unterschiedlichen Anteilen zerlegt wird und sie auf einem Spiegel abbildet.

In Abbildung 6b ist ein kleiner Ausschnitt aus den Farben auf dem Spiegel zu sehen: zwei scharf abgegrenzte gelbe Linien (so-

genannte D-Linien), die neben anderen von heißem, nicht-ionisiertem Natriumgas ausgestrahlt werden. Abbildung 6c zeigt Licht mit einem Farbkontinuum, das auf der linken Seite von extrem heißen, ionisierten Natriumatomen produziert wird. Schickt man dieses Licht durch das kühle Natriumgas rechts, werden die D-Linien (und mit ihnen andere Farben, die nicht-ionisierte Natriumatome aussenden können) absorbiert und rufen in dem von links kommenden Farbspektrum dunkle Linien hervor. Der heiße Sonnenkern ist von einer Schicht überwiegend nicht-ionisierter Atome mit einer Temperatur von fünftausend bis zehntausend Grad Celsius umgeben, die gemäß dem Kirchhoffschen Gesetz die Farben absorbieren, die sie auch emittieren können. Das gleiche gilt für andere selbstleuchtende Sterne, selbst wenn es dabei natürlich große Unterschiede in Temperatur und chemischer Zusammensetzung gibt. So übermittelt uns also das Licht eines Sterns eine Botschaft über dessen Zusammensetzung, und viele leidenschaftliche Physiker, Chemiker und Astronomen haben gelernt, diese Botschaft zu interpretieren.

Das Sternenlicht kann auch etwas darüber aussagen, wie schnell sich der Stern zur Sonne hin oder von ihr weg bewegt. Dies ist darauf zurückzuführen, daß Licht – wie jede Art der Wellenbewegung – den sogenannten *Dopplereffekt* zeigt. Dabei erhöht sich die Frequenz der Wellenbewegung, wenn sich der Abstand zwischen Quelle und Beobachter verringert, und verkleinert sich, wenn sich der Abstand vergrößert. Die Frequenzveränderung kommt zustande, weil bei Verringerung des Abstands mehr vollständige Phasen der Wellenbewegung den Beobachter erreichen als bei konstantem Abstand. Nimmt die Entfernung von der Quelle ab, erreichen weniger vollständige Phasen den Beobachter. Wer einmal das Pfeifen einer Lokomotive gehört hat, kennt diesen Effekt: die Tonhöhe steigt bei zunehmender Frequenz (das Pfeifen wird also höher), wenn sich die Lokomotive dem Beobachter nähert, und verringert sich, wenn sie sich wieder entfernt. Ein solches Wellenphänomen ist auch das Licht. Violettes Licht besitzt eine höhere Frequenz als blaues, das wiederum eine höhere als grünes und so fort, bis hinunter zum gelben, orangen und roten Licht. Wenn sich also eine Quelle gelben Lichts dem Beobachter nähert, sorgt der Dopplereffekt für eine Farbverschiebung in Richtung des violetten Lichts. Das Ausmaß der Verschiebung hängt von der Geschwindigkeit des Lichts ab. Entfernt sich die Lichtquelle vom Beobachter, verschiebt sich die Farbe zum roten Ende des Spektrums hin. Dieser Dopplereffekt tritt auch bei für das menschliche Auge unsichtbarem Licht auf, sowohl im niedrigfrequenten Infrarotbereich als auch im Bereich des ultravioletten Lichts, das eine höhere Frequenz hat als das sichtbare Licht.

Ein eindrucksvolles Beispiel für den Dopplereffekt sind Doppelsterne, die ungefähr die gleiche chemische Zusammensetzung und Temperatur haben, wie Mizar im Großen Bären. Mizar besteht in Wirklichkeit aus zwei Sternen, die sich innerhalb von rund zwanzigeinhalb Tagen einmal umeinander drehen. Beide Sterne produzieren in etwa das gleiche Farbspektrum. Bewegen sich nun beide im rechten Winkel zu ihrer Blickrichtung zur Erde, so behalten beide den gleichen Abstand zur Erde bei. In diesem Fall nimmt ein Beobachter auf der Erde in ihrem Licht keinen Dopplereffekt wahr. Die Frequenzen ihres Lichts sind gleich und ihre Spektrallinien fallen zusammen, wie Abbildung 7a zeigt. Bewegen sie sich dagegen entlang ihrer Blickrichtung zur Erde, dann nähert sich einer von ihnen der Erde, während sich der andere von ihr entfernt. Also erhöht sich die Lichtfrequenz des herannahenden Sterns, während die des sich entfernenden Sterns abnimmt. Das Spektrum, das Mizar als Ganzes zu diesem Zeitpunkt produziert, besteht dann aus zahlreichen Linienpaaren, deren Frequenzabstand genau durch den Betrag der Dopplerverschiebung hervorgerufen wird (Abbildung 7b). Variiert ein Sternenspektrum über einen längeren Zeitraum zwischen dem Muster in Abbildung 7a und dem in Abbildung 7b, so lautet die Botschaft eindeutig, daß es sich nicht um einen einzelnen, sondern um einen Doppelstern handelt. Das gilt auch, wenn der Abstand zwischen den beiden Sternen so gering ist, daß man sie durch ein Teleskop nicht als einzelne Objekte wahrnimmt. Aber auch wenn die beiden Bestandteile eines Doppelsterns einander nicht so ähnlich sind wie die des Mizar – vielleicht ist der eine selbstleuchtend, der andere dunkel –, sorgt der Dopplereffekt für eine Botschaft. Dann variiert die Frequenz der Spektrallinien des selbst-

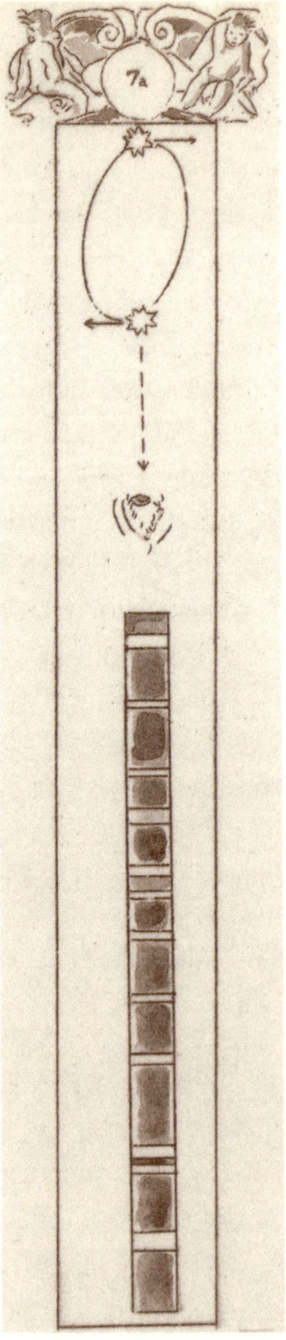

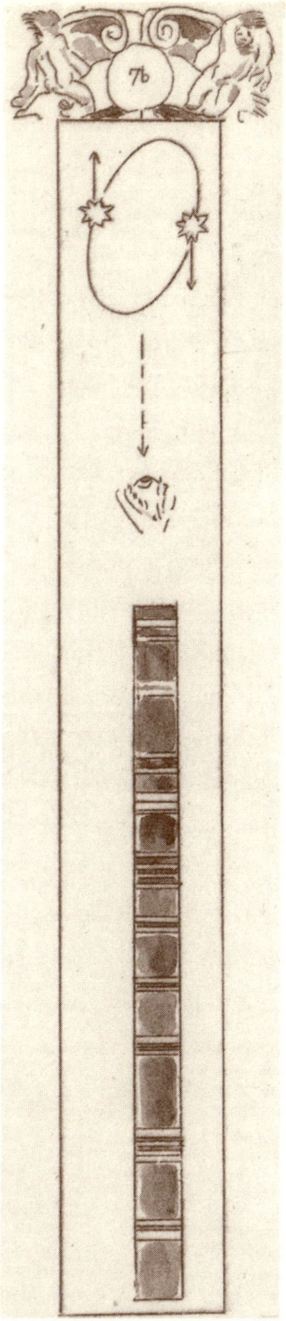

leuchtenden Sterns während seines Umdrehungszyklus'. In den zwanziger Jahren unseres Jahrhunderts fand Edwin Hubble heraus, daß die Dopplerverschiebung zum roten Ende des Spektrums um so größer ist, je weiter eine Galaxie entfernt ist. Anders gesagt, je größer der Abstand eines Sonnensystems von der Erde ist, um so schneller entfernt es sich von uns. Bedenkt man dazu, daß die Erde keine privilegierte Stellung im Universum hat – was uns Kopernikus letztlich gelehrt hat –, dann müssen die Beobachter jeder Galaxie sehen, daß sich alle anderen Galaxien von ihnen entfernen. Die von fast allen Astronomen akzeptierte Erklärung hierfür ist, daß sich das Universum als Ganzes ausdehnt. In diesem Fall muß es allerdings auch eine Zeit gegeben haben, in der die Materie des Weltalls – verglichen mit der Größe des Universums, auf die unsere leistungsfähigsten Teleskope schließen lassen – in einem extrem kleinen Punkt zusammengepreßt war. Es ist sehr umstritten, wie diese Materie beschaffen war, als das Universum eine extrem höhere Dichte und Temperatur besaß als heute. Die Physiker und Astronomen sind sich nicht einmal einig, ob damals dieselben Gesetze der Physik galten. Es gilt jedoch als allgemein anerkannt, daß sich vor ungefähr fünfzehn bis zwanzig Milliarden Jahren eine ungeheure Explosion ereignete, die selbst eine Supernova, die innerhalb von wenigen Stunden so viel Energie abgibt wie die Sonne innerhalb von hundert Millionen Jahren, weit in den Schatten stellt. Eine solche Explosion, meist als *Urknall* bezeichnet, müßte eine Reststrahlung hinterlassen, die sich in jedem Teil des Weltraums feststellen läßt, egal ob sich in dieser Richtung eine Galaxie befindet oder nicht.

Diese Strahlung wurde 1965 von Arno Penzias und Robert Wilson entdeckt, aber nicht mit einem optischen, sondern mit einem Radioteleskop. Sie mußten dieses neue Instrument verwenden, weil die Frequenz der vom Urknall hinterlassenen Hintergrundstrahlung weit unter der von sichtbarem Licht liegt. Die Botschaft, die sie auffingen, kam aus jeder Richtung des Weltraums, aber das Wichtigste war, daß sie vom Beginn unseres Universums stammte.

Meister Vittorio hatte recht, als er zu seiner Klasse sagte: *Wenn wir doch vierhundert Jahre leben könnten, was für herrliche Entdeckungen würden wir miterleben!* Aber es gibt so vieles, was wir über die entfernten Galaxien und das junge Universum auch heute noch nicht wissen, so daß dieser Satz noch immer gilt.

Naturwissenschaft im dtv